Fiat Lux
- let there be light

創業青年的
人生雜記

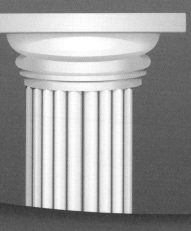

劉峻誠——著

第 **58** 屆十大傑出青年、知名學者、華裔企業家、Kneron（耐能）創辦人兼董事長
2021獲得 IEEE CAS Society 的最高榮譽
電機電子工程師學會達靈頓獎-IEEE TCAS Darlington award.

序

活在世界上，每個人都難免被生活捶打。

我們所能做的，就是讓自己能正向與正派的去面對，而不迷失在心中的負能量與外在混亂的攻訐中。

我一直覺得其中的關鍵，或許就在於陷入低潮的時候，是將所有責任推給不公的命運，還是抓緊那些讓你負重前行的東西。

這些東西不一定有多崇高，它可能是自我實現的憧憬，也可能是為了家人、朋友，為了責任，無論哪樣，去承受、去撐住，那些都是值得稱頌的勇氣。

哪怕到最後，付出的全部努力，不過完成了普通的生活。

但只要內心的火種還在，渺小的我們，就已經戰勝了不甘平庸的命運。

這世界上，總會存在著儘管你不想攻擊別人，但因為你的存在就會影響到某人的利益，而就會有人不分青紅皂白的否定你或散布著各種傷害你的流言。

我們可以選擇逃避或退縮，但歷史上所有成功的人、所有真正能作成事情的人，都是奮力起來用行動證明自己，跟不畏懼各種流言和不被影響的！

有苦難陪襯，幸福才顯得珍貴；人生倘若平平坦坦，這不叫一帆風順，這叫一潭死水；若幸福真的是永遠長在，對於這樣廉價的幸福，人只會厭膩。只有坎坷崎嶇之後的幸福，才彌足珍貴，才能真正觸動肺腑。我們莫嘆苦難，應該感恩苦難，它讓我們磨練成長；它讓我們感到生命存在的真意。沒有苦難，人生白來！

只有經歷過地獄般的磨礪，才能練就創造天堂的力量；只有流過血的手指，才能彈出世間的絕響。你所受的負擔終將變成禮物，你所受的苦終將照亮你的路。而將苦痛與探索拒之門外的，其實也將真理與成長隔在外面了。

「有一天你如果發現，老了，你什麼刻骨銘心的體驗都沒有，沒有完成值得特別回憶的經歷，可是已經來不及的時候，你心中真的沒有一點點惋惜？」

世界並不完美，但希望你我都能留下認真生活過的痕跡。

這本書，致敬的是我的青春，我的奮鬥，飄洋出海，在各個城市，各個公司，踏上創業的旅程，在無數個挑燈夜戰的夜晚與征途一點點紀錄下來的雜記。

目錄

Fiat Lux - let there be light

在幾個月前，聽清華的副校長施一公演講。世界上充滿人所看不到的暗物質。

席間有人問：

　暗物質在世界上到處充斥著，我怎麼知道它真的存在？

施一公回答說：

　當你在發問的同時，有成千上萬的暗物質，正成群地穿過你的身體。

某個聖誕節，在 UCLA 的校園裡，遇到王康隆老師。王老師一如既往的，跟我招招手，親切地笑著。當天因為是聖誕節，幾乎全校都沒人。我們大概因為偶然的發現，原來在孤單的校園中，還有著同好在校園裡。所以稍微寒暄了

一下。

王老師，是台積電米副總的老師。也是三星電子 CEO 金奇男的老師，一家都是 MIT 畢業的。

當時王老師很開心的說：

自從女兒去 MIT 當教授後，他現在有更多的時間投入研究。最近有很重要的成果快要被世人知道了。

那天聖誕節的晚上，心中有個感觸。那就是：

世界上很多最頂尖，最頂尖的成就，

或者貢獻，是要經過漫長的孤寂，跟遠離眾人的鎂光燈。

在時機到來，他才能芬芳的綻放，而劃時代的技術是需要核心的人，真正喜歡，打從心裡不會因為自己在那個位置，或擁有什麼樣的光環。

慢慢的持續打磨，擁有匠人的心，願意守得住孤寂，才能成就。

半年後，知名的天使粒子在各大媒體裡，王老師，跟史丹佛的張守成老師，頓時被大家認為是未來諾貝爾獎的熱門人選。

守得住寂寞。才能承襲的了繁華。

因為人了解，這世界萬物有限。在創業後，發現：
　　我們要時時的，讓自己的內心，空出來。謙虛地去理
　　解，我們看到的，知道的，都只是事實或宇宙萬物裡
　　的一點點小小的部分。
　　因為宇宙與時間的宏大，知道自己的渺小；
　　而願意以恭敬謙虛的心，去面對各種人事物。
　　願意守得住孤寂，願意小心的分析更多的資訊，去拼
　　拼湊湊事情的全貌與真理。

半個月前，去北加州談合作，路過了 Berkeley 跟史丹佛。
回想十多年前，第一次帶著兩個行李，遠離家鄉。帶著遲
疑與對未知未來的不安，忐忑的揮別到機場送我，帶著紅
紅雙眼的媽媽，搭上了長榮的飛機。

那晚在飛機上，整晚睡不太著。坐在窗口的位置上，看著
飛機翼上。一點一點，閃爍著的光芒，很像一顆星星。
恍恍惚惚中，那晚似乎跨過一個未知的時空隧道，去新大
陸探索與追尋更多的真理。

而這黑黑的時空隧道與未知的穿越中，一直有這顆閃爍的星星，在遠方引領著。

到了學校，第一天的校園介紹裡，老師跟我們說了這個字：

Fiat Lux - let there be light

寫在（加州大學）UC 校徽上，從《聖經·創世紀》裡截出來的那段話。UC 的校徽裡，有顆星星，我們稱它為希望之星。

老師當時說著：

> 當你踏入了研究的領域，是在探索未知的旅程。而未知的旅程，心中很難避免孤寂。
>
> 因為人性，會有擔憂，會有害怕，會有面對試驗而無所適從或不知該如何是好的時刻。
>
> 離開這個校園，世界很大，也很混亂，有各式各樣的人，各種各樣不同人認為的真理。
>
> 而我們需要在心中常常帶著那顆星，或那個信念，或那個光。

15 年過去了，再次回到校園，剛好遇到學校 150 年。

當時所說的，信念跟光，我認為，是所謂的初心。跟能引領你，在混亂世界裡的良知與信仰。

離開校園後，在世界各地漂泊。體會過各種不同的文化，有好的，也有不好的。

遇到過讓人感動的人性光輝；也遇到了為了貪念、私慾，不折手段的商業鬥爭。

心中常有的信念信仰跟真心和格局。是讓自己不在混亂的旅程中，不失去自己的希望之星。

我深信世界有太多人所無法看清理解的事，而我們，只在這短暫旅程中，盡力地去發掘與探索。而真正的成就，是在這段旅程中，我們正面的感動，影響了多少人，正面的改善了世界多少，作出多少能影響世界的事情。

這幾天路過了植物園跟師大附中。在附中，我那個年代的，一定都記得蛋餅伯。植物園以前荷花池泮，有個摺紙的老奶奶。

在漠不關心的人眼中，他們也許都很微小。但他們的身影在很多年後，當我再次到附中後門跟植物園旁，都還記得

當年趕上課時排隊買熱呼呼的蛋餅。還有在夏日午後看著老奶奶的巧手，折著漂亮的紙鶴跟荷花，聽她訴說著這個城市變遷的故事。

立德立言，只問真心，無問西東。

這個世界，缺的從來不是完美的人，而是心底給出的真心、正義與同情，Fiat Lux- ，我們踏著我們的旅程。
探索著，這個美好又紛亂的世界，並創造著，我們的傳奇，與書寫著我們的歷史。

原罪

但丁的《神曲》裡，天堂和地獄間的煉獄山有七宗罪，
它們分別是：

傲慢　Pride

嫉妒　Envy

憤怒　Wrath

懶惰　Sloth

強欲　Greed

暴食　Gluttony

色慾　lust

他們是來自於《加拉太書》第 5 章第 19-21 節，介紹人性
中的惡。

2008 年我在教會受洗時，聽牧師在講述著：

人出生時，是帶著原罪的。而耶穌用自己的寶血，去洗淨人的罪。

受洗是給自己一個新生的機會，去洗淨這些原罪。

當時年少輕狂的自己，問牧師：

我們怎會是有罪的？

我既不偷，又不搶。

剛出生的嬰兒什麼都不懂，也沒去害人，為什麼會有罪？

既然沒有罪，

何來洗清？我們假日去各個地方當志工，都在幫助人。何來的罪？

如果有時光機，很想跟過去的自己說：

世界很大，人生的體悟，是在一點一點的經歷後，

你才會真正的慢慢體會人生，

那些酸甜苦辣。

被背叛，

被傷害，

被欺騙，

被誤解，

被扶持，

或摔到了谷底，被信賴，被支持。

經過這一切的一切，那些傷痕才會化做養分。讓你體

會了人生醞釀後的香純與厚度。

那天因為要申請一些東西，無意把以前的照片，信件整理

出來。

一點一點的，回憶的片片斷斷在腦中浮現。

除了曾經的年少，對世界曾經的熱情、天真。

還看到以前的不解。

疑惑，有些有了答案，有些還在探索。

人是真的有原罪的，所以世上的紛爭，來自於這些原罪。

但我也深深相信著，人性中有希望被信賴，與一起合作，

一起奮鬥，願意扶持他人的美德。

就像有陽光的地方就有陰影。

有陰影的地方就有陽光一樣。

天主教的教義中有另外的七個美德，它們是：

貞潔 Chastity

節制 Temperance

慷慨 Charity

勤勉 Diligence

耐心 Patience

寬容 Kindness

謙虛 Humility

希望人都能因為自己人生的際遇、遭遇，

去讀懂人生，看懂智慧。

讓自己內心的七個美德，能克服著心中的七個原罪。

創業後，因為跑遍大江南北，因為商場上的複雜，

與見多了，看多了利益的紛擾後，

人性的醜惡，

是常常會讓你一些事情卡著很不舒服。

但也有，夥伴們間的信賴與正向的人性的光輝，

能讓你有勇氣去面對這一些紛紛擾擾。

最近很有感觸的一些體會：

You can have different opinion in your mind, but should have only the same fact.

常常在混亂中，
要在短時間內作出判斷，
最清晰也最正確的方式，
是回歸事物的本質與事物的事實面。
當看到了真實，才能清明的作出判斷。
表象跟真實的差異，常常是需要細膩的仔細的去探索。

期望自己有更寬廣的胸懷、更高的視野、
更堅強的心智。
去看清混濁，去面對人性的原罪與美德。

星光燦爛

「我們一起出來闖幾年了？
算算短短幾個寒暑，
似乎不長也不短。」

「我總覺得似乎快過了一輩子，這幾年經歷過太多事，各
種在電視電影看到的，想過的，沒想過的。都切身體會過
了。」
「不管成不成功，下次你再講一聲，我還是跟你闖。」
「一聲老大，一生老大。」
「說得好像在混江湖，一次就夠了。」
「下次咱安安穩穩在大公司過，似乎也挺好的。」

「那下輩子我還是跟你混，很刺激，很滿足一群人一起努力的感覺。」

「那天準備完公司的產品發表會，離開會場的路上，一個公司很早期的員工在路上跟我感嘆這幾年來出來創業的點點滴滴。」

「我們總共辦了兩場發表會，一場在深圳，一場在台北。兩場都有客戶廠商來幫忙站台，為了籌備這兩場發表會。公司很多同仁加班到深夜。甚至有人幾乎住在公司。」

「似乎一群人一起熬夜奮戰，就是創業後常常有的常態。記得創業後的第一個月，我們 SD 的辦公室休息室的沙發，大家就輪流的在那裡昏睡，補眠。」

「公司有以前念書時的各個階段好友，有高中的，大學的，研究所的，博士班的，在三星的，在高通的，在晨星的。其實一直覺得，創業後最值得欣慰的，是能把以前人生各個階段的好友再次聚在一起。像以前一樣，打完球在

回家的路上一起狂歌長嘯。一起在實驗室趕 paper due 和期末作業完後，再一起去附近的國家公園探險。」

曾經在不同的人生階段，
畢業後的驪歌唱完。
以為曾有的青春和跟同袍的情誼就從此各分東西。
曾經在鳳凰花開，整理自己行囊，
去到下一個旅程，以為就再難有大家一起探險的機緣。

但因為這次創業，我們組成了一個更大的團隊。
往著更未知，更挑戰的旅程前進。

我們曾在公司最艱難的時候，在去珠海的旅店不知道未來在哪。
幾個大男生，談著談著就快一起抱頭痛哭起來。
曾在為了挽救公司的危機，為了簽下一筆救命合約，大家一起趕案子趕到半夜。
一起出來吃宵夜，路邊攤，
然後再一起拉肚子。
半夜，為了趕隔天的 meeting，

搭深夜車，

到陌生的城市，

為了省錢，住在一晚 60 塊人民幣的奇怪旅店。

到半夜被蚊子咬醒。

被合作夥伴威脅斷手斷腳。

被合作夥伴背叛。

遇到競爭對手塞紅包，希望客戶把我們趕出去。很多各種

奇奇特特的人性。

都在公司尚未完全體制健全時，一次一次的衝擊著我們。

從創業後，就沒有一天的早午晚餐禱告的內容，

不是希望這個公司能成功。

能讓這群為了公司奮鬥，打拼的夥伴弟兄們的心血，能成

功地獲得回報。

有很多次到了深夜，

仍然能看到同事們在那努力的準備一個一個 due。

有很多次，覺得幾乎是奇蹟發生。才能達成的目標，卻在
大家永遠都不放棄。

努力地用很少的資源，一次一次的打拚著，最後達成目
標。

其實一直深信，

一定是有那不明的力量，

才能讓這麼多次奇蹟發生，讓我們一路跌跌撞撞地走到了
今天……

星光燦爛。

創業後，登上過無數的舞台。

有台下數千聽眾，騰訊的年度大會。

有下面全是大佬大官的大陸央視的，年度頒獎大會，也有台
下全是投資人的各種競賽。

有在矽谷的，有在台灣的。

有在杭州，北京，深圳的。

而我們的發表會，是我們自己搭建的舞台。

對我們格外的有意義。我們用自己的產品。

自己的方式，自己的文化……

自己的努力。

搭建了我們想對外傳遞的聲音，我們對技術的追求，對想改變世界的熱忱。
對那過往數個寒暑，我們的永不放棄。

大家不離不棄，互相扶持。一路走來的故事，我們在書寫，屬於我們自己的傳奇與故事！

寫在 2019/5/20。

致　為這特別的一天裡，所有一起奮鬥的夥伴，和我們一起揮灑的努力

墨菲定律

墨菲定律其實講的不是一種人為錯誤的發生機率，而是闡述了一種偶然的必然性。在很多事情上，人們總是盲目樂觀，心存僥倖，他們相信自己擔心的事情並不會發生。
即使發生了，也很快便會過去，這種盲目的心理讓我們忘記了……

人不是上帝。

正是墨菲定律告訴我們，世界是龐大而複雜的。雖然人類十分聰明，但人類有自身的局限性。

即使再有智慧，也永遠無法了解世間萬物。

即使再聰明，也不可避免會犯各種錯誤。

不論科技多進步，有些不幸和錯誤總會發生。

而且人類越是認為自己手段高明，面臨的麻煩就越嚴重。

墨菲定律無疑對我們有著巨大的警示和指導意義，它提醒我們，不要盲目樂觀，狂傲自大。

錯誤是這個世界的一部分。

與錯誤共生是人類不得不接受的命運。

面對人自身的缺陷。

我們要學著接受錯誤。

學習認清自己的盲點。

並不斷從中總結經驗與教訓。以防止人為失誤導致的損失跟災難。

創業後，見了各式各樣的人。以前在大公司工作或念書時，總會有所謂的準備和努力能有清晰的結論與結果。但到了商場上，更覺得所有的結果都是一個複雜的隨機過程。充分的

展現了墨菲定律的特色，你無法知道，面對的下一個談判，結果是好或是壞。也無法知道，見的下一個人。

無論你準備得多充分，他的結論是正確或錯誤，他的理解是完整或缺失。
面對不一樣文化，思緒不一樣，格局不一樣的人，觀點不一樣的人。

如何及時地調整我們所用的策略與步驟，一直是一門很難的學問。

常常覺得在一片充滿迷霧的大海裡，靠著一點點的訊息，在很短的時間內，得找出明確的方向。
並且要敏銳的避免各種可能突然發生的意外。

因為墨菲定律，讓我們學得更謙卑。

與看事情的各種角度，都更客觀與更無我。
走在創業的路上，是一種身心昇華洗禮的過程。

很苦，但很能感受到一次次，內心成長的蛻變。

也讓我們學會接受不完美，與有寬廣的心胸，接受不同的意見與看法。

Fiat Lux - let there be light 創業青年的人生雜記

平凡

我很平凡，但我想將我看到的一點一點分享給所有好友，所以我開始寫下這些短文。

我期望帶著我的筆，
我的畫具，我的相機，慢慢紀錄我的旅程。
哪天我老了，
開個攝影展，畫展，就不枉此生了。
我的英文不好，所以無法將我想說的，寫成英文。等我哪天英文好些，再來寫中英對照版。

這是故事開始的第一篇。

你曾覺得，世界是黑暗的，或者人跟人之間，沒有互信可言嗎？

我也曾有一樣的想法，隨著年齡增長，發現世界，總不像小時候的童話世界一樣單純美好。
但在世界的角落裡，還是存在許多動人的故事。
我期望我的旅程，能找出那些在世界各角落裡的故事，能找出隱藏在心裡很久很久的赤子之心，跟小時候對世界是美好的那份單純的渴望。

今天遇到兩個令人感動的，
Andrew Chen 跟洛麗華地
Andrew Chen，Panda express 的創辦人，目前在全美擁有 1300 家分店。
很少人知道，他有一台，開了 10 年的平凡舊車，但卻一直捨不得換，但他卻願意在四川地震時，捐 50 萬美金，給受災戶，願意在一個下午的茶會捐給慈善團體數十萬美金。

洛麗華地，一個墨西哥移民，貧窮的全家，住在一個小小的 one bedroom apartment。11 歲的一場生病 卻沒有足夠的錢看

病，讓他四肢變形，說話不方便，走路只能靠代步車。但他卻每天到各個店家的垃圾桶去收集別人丟棄的舊報紙。

用殘缺的雙手，趴在地上，慢慢的將那些報紙摺好，一點一點，捲起來。

有時候，冬天的寒冷。

讓她手腳冰冷，有時候，因為四肢不健全，會讓她時而不時的跌倒，卻又得奮力的爬起來。

捲好的紙，她送到社福機構的回收中心裡，用以換取微薄的回報，捐贈給那些常常提供她義診的社福義診中心。

聽到幾句話：

「生活的奢華，是為滿足自己的虛榮，換取的，只是讓自己無限膨脹的貪念，幫助在災難中求生存的人，卻能成就一群人追尋平安的渴望。」

「也許我沒有什麼，也許我不能作什麼，但我希望能回報那些幫助我的人，即使只是一點點。」

「我看到一個清潔工，為了成就自己捐 3 萬美金的願望，每天三點起床，多作六小時的工。」

她在一年內，真的完成的她的願望。

我慶幸我自己的好手好腳，我慶幸我自己的衣食無缺，但面對著這些不同背景、不同文化的人，

我卻為自己，自以為是的世界認知，感到慚愧。

人也許很渺小，也許一點點的報紙換來只有幾分錢，也許一個清潔工，在社會的小小角落裡，

不會被人注意。

但那一點點的一點點，卻擁有無限的力量，大到我認為是可以驅使我的力量。

驅使我相信，世界，是擁有互助跟關懷的，驅使我相信，如果有一天，我有機會，我願意讓大家知道，有這些在各個角落裡，默默的，想改變世界的人，他們沒有政治人物光鮮的舞台，

他們，沒有新聞媒體鎂光燈注目的焦點，但我覺得他們作的比心懷私心，互相攻訐，譁眾取寵，

追求名利的人，都還更值得我尊敬。

付出

他擁有的不多，但他付出了他的全部。

風盡浪碎會有時　直掛長帆祭海桑
長守杏林大醫心　窮目益堅青雲志

順孫隨祖長幼情　孝子侍母相倚賴
黃塵渙渙風蕭索　夜雨聲聲枉斷腸
夕雨月夜思悄然　孤燈挑盡難成眠
悠悠生死跌而喪　謠謠一世之紛綸

跟一個好友的媽媽講完一次比一次更讓人沉重的電話之後，
決定，將這個故事寫了出來。

這是一個明明擁有的不多，卻一直很喜歡付出的小孩的故事。

這也是一個在過去兩個月，不斷的和死神搏鬥卻一直不願意
放棄的勇者故事。

2008 年 2 月初，一個額頭留著幾滴汗水，卻還一直努力走在
大家面前，在校園裡清掃垃圾，積極，敏捷，熱情的態度，
是我對他的第一印象。

4 月，我們開始到北邊的小城鎮，教一些窮困的墨西哥小孩念
書。

早上八點，他總是很早的，就到集合地，用心的紀錄每個人
簽退狀況。

我很少看到他缺席。

他幾乎天天去，也幾乎每次都準時到。

身為單親家庭，全家大小經濟支柱都依靠在媽媽辛苦又不穩定的微薄收入。

「我要成為醫生，讓媽媽過好日子。」這幾乎變成他天天掛在口頭上的句子。

一個大雨的晚上，他拿著我們送給他的 MCAT 考試參考書，興奮的說，他要將這些書，努力的都念完。

另一個大雨的晚上，他為了感謝那套書，熱情得讓我們無法拒絕的拉我們去他家。

讓他媽媽幫我們剪頭髮，一邊剪，又一邊的從冰箱，拿出他作的餅乾請我們吃。

他的媽媽，奶奶，跟我們訴說著，一個從小獨立自主，又努力向上，拚命想拿獎學金，

念醫學系改善家裡生活的小夢想。

那套我們本來想丟棄的書，竟成了另一個家庭，接近夢想的小小希望，那天，大家都笑得很開心。

那些笑容。

跟他媽媽泡的溫暖的茶的餘溫，似乎才是不久前的事情。

明明擁有的不多，卻還很熱情的願意付出。

他的家人每次有災難，不管台灣八八水災，或是海地地震，都會很熱情的，
拿出自己好不容易存的錢，捐給那些，他們認為更需要幫助的人。
因為 MCAT 的關係，
他開始喜歡，坐在我的車裡，並在車裡說著他的夢想。
他的夢想，很簡單，對於很多很幸福的人來講，是早就擁有，或者從來沒想追求的東西。

那是擁有穩定的收入，讓從小拉拔他長大的媽媽，奶奶，
能過過好日子。

2010 年 1 月 1 號，元旦。
當大家快樂的跟家人聚在一起過新年時，
他被送到了 ICU 病房，
開始他跟病魔抗爭的日子。

1月3號，我去看他。

身旁，伴隨的他媽媽，顫抖的聲音和泛紅的淚光。

本來消瘦的身影，在 ICU 病房微微閃爍的燈光中，更形無助起來。

還有他不時的問著，學校的保險有沒有辦法 cover 他的所有花費。

1月5號，我再次去看他。

他動了第一次開腦手術，不大能說話。

右手，綁著一個小小會發光的紅色亮點，他的媽媽在旁邊，數天沒睡好，泛紅著的眼睛。

不捨的拿著布跟棉花球，塗抹著他的嘴唇。

在視野濛濛瀧的淚光中，我聽到他媽媽跟他用著右手手指，努力的慢慢寫著，如果有一天，很不幸的，他真的不行了，他想把他的器官都捐出去，救助那些很需要幫助的人。

我不記得後來，又去看他看了幾次。

次數，印象，已經混淆到我不知道該如何想起，他陸續又開了第二次，第三次，第四次的腦部手術。

從 1 月 1 號，到今天（2010 年 2 月 22 日），都住在同一間 ICU 病房。

每次的手術，都讓他本來移動緩慢的雙手雙腳，越來越緩慢跟不穩定。

從一開始，可以把話說清楚，從一開始他媽媽跟我興奮的說，他手術成功；從一開始，他媽媽跟我說，他快要離開 ICU，轉到一般病房；從一開始，

他媽媽跟我說，沒關係，

不用急，休息一年，再回到學校，一樣可以完成他的夢想。

到後來，慢慢的，他的嘴巴開不出口，到後來更接到電話，說他被宣判腦死。

看著一個以淚洗面，雙眼泛紅的媽媽。到後來，燃起一絲絲希望。到後來，卻心灰意冷的放棄。到後來，強忍著淚水，要我去看，他跟器官移植中心簽的合約。

還有，找他的好友，去送他最後一程。

熱情——

原來在人間的無常面前，是這麼這麼的渺小。

我一直以為，當人，帶著熱情，面對夢想，努力的追尋時，總會有走到的那一天。

但他們明明擁有的不多，上天卻又為何要殘酷的要他付出他最後一點點，僅剩下的身體。

立春——送友

殘星伴月曉　暮目送雲東　平沙一江盡　曲終千杯還

故人踏雪來　相逢即話別　風遲日初寒　顧影看自憐

蕭瑟唱平生　盡享幾回遊　寒盡度餘年　不知幾回春
思卿黯飛雪　花明睡初覺　千山萬里行　別絃管鳳笙
漫漫見明日　憂憂月下鳴　舉杯望無語　狂歌嘆九州
寒窗十年功　才士百不遇　振羽客飄渺　飛鴻疏泥爪
望斷終南雪　空餘北斗魂　徒勞書滿盈　誰憐一曉春

倒數

2010 年 4 月 24 日

出境，4 年，沒有離開美國。

突然快要可以出境了，

感覺，很奇特，很多年沒回家。

在這最後幾天，突然很多塵封已久的往事，像被打開的潘多拉盒子一樣，恣意的占滿我的腦海。

結論：沒去外面體驗過酸甜苦辣，不會知道自己的家是多麼溫暖。

來美國前，對美國有很多憧憬，7 年過去，
我不會再覺得，大家說的台灣，有什麼不好。

我對台灣到處可以獲得的學習資源跟四通八達的捷運公車，
感到懷念。我對高中時候，一堆人在那邊籌備畢業典禮的時
候，感到懷念。
我對，大學跟高中大家翹課去打球的時候感到懷念。
我想念那頭髮已經花白，陌生又熟悉的爸媽的臉。
甚至想念，那已經不可能再看到，清晨會跳到我床上的那隻
吉娃娃。
7 年。
長長的歲月，長到讓我忘記當初帶著單純的心來到這片新大
陸的，
那分理想，
青澀，
又傻氣。

然後默然的發現，當初憧憬的美國，是不存在的。
也也許，那個憧憬，只是心中對夢想，美好國度所刻畫出
來的那個美國。

人生。

每個人的人生，都是一個很獨特的故事。

去年開始，體驗跟看到了很多不同人的人生。

看過在一些貧窮社區，全家 6 口都擠在一個小小的 one bedroom 的非法移民。

因為爸爸的鋤草機被偷走，整個家庭都陷入經濟困境，看到在念名校博士班，人生正開始，卻發現是癌症末期的女孩的惶恐眼神。

看到一個名校教授，

太太癱瘓，在他身邊不離不棄 30 多年。

看到一個獨自漂洋過海的留學生，因為去一趟大峽谷遊玩，一場意外，讓他爸媽放下手中所有事情，過來這裡，送他們家中獨子人生的最後一程。

每一個故事，都聽來沉重，然後，卻又像風雨肆虐過後的大地，緩緩的，恢復平靜，再緩緩的，從雲端露出一點點陽光。

4 月 22 號，難得的一天假期。

我去拜訪了，一個因為意外過世的好友家人。

因為，其他人開始恢復正常工作了。

家中現在只有奶奶一人在家。

聽她娓娓道來，另一個被風雨肆虐過，卻還沒看到陽光的故事。

故事裡，有著一家人，移民飄揚過海，撒遍在台灣的積蓄，為的是追尋一個大家都在傳說的，更美好生活的美國夢。

辛苦的移民生活，讓下一代過更好的日子，是唯一支撐他們到現在的力量。

「他一直說，阿嬤，再等我幾年，我畢業後，就可以讓大家都過好日子。」

「這麼乖的小孩，為什麼會有這樣的結果？」

「我們一生，都沒害過任何人，也沒做什麼虧心事，都在幫人，為什麼現在會這麼苦？」

好多好多的問題，我轉動著方向盤，外面呼嘯而過的風聲，在車裡，聽著她半哭半說著。

是啊，

這些問題，我也一直在探索著答案。

也許，窮究我一生，我永遠也找不到這些問題的答案。總常看到，很多很好的人，卻不見得，會有什麼好結果。但，卻很多作著壞事，偷拐搶騙的人，功成名就，活得好好的。

不知道怎麼回答的我，好久好久，都說不出話來，也只能聽著 80 多歲的奶奶聲淚俱下的說著，一段一段的往事。
我也曾經因為發生些事情，對人，對世界消極，或者不信任人。

但，就像風雨過後一樣。
看到那緩緩從雲縫露出的陽光。
心裡，還是隱隱的，會找到那份熟悉的溫暖。

打包……
我不喜歡打包。
物品的價值，是多少呢？

有哪些東西，比較可以丟的？

這兩個問題，對我來說，是很難很難衡量的。

隨著在美國時間的增加，我的家裡，多了很多很多「無價」的垃圾。

我有第一次 tape out 研究室給的一個小小透明的方形壓克力紀念牌。

還有第一次跟合作夥伴，去賭馬場拿到的有馬頭的筆（馬頭還已經斷掉）。

還有以前在 Berkeley 第一次見到的台灣留學生，硬要叫我小弟的大姐，去紐約玩，送我的幾個會發光的台子，

我一直不知道這叫什麼，

但裝了電池會發出漂亮的光跟發出很像哄小孩子玩的玩具聲音（很像台灣夜市賣的小孩雷射槍發出的呼嚕呼嚕聲）。

還有以前某個老師，讓我去參觀他的實驗室，把停車場 reserve 一個位置的那張大紙。

還有偶遇某個大公司老闆，硬要他寫給我的小便條……

林林種種。

每次搬家，伴隨著我一堆書跟講義筆記，這些東西，都讓我一次又一次的，回顧這幾年的留學生活。

唱歌。

似乎每次，離開一群朋友，到另一個地點時，總不免跟些好友唱歌。

不知道哪時候開始。

我比較不會唱了，大部分時候，就聽著每個人唱。

聽人唱歌，是個很有趣的事情，總發現，歌曲，也許也反映著一個人的內心吧。

喜歡這歌，

總是對這些歌的歌詞，感到共鳴，才會喜歡。

不管在哪唱歌，無獨有偶的，很久很久以後，去到了下一個地方，認識了下一群好友，再聽到，或唱到這些歌時，那些人生不同的片片段段，又會不經意的，在腦海裡撥放著。

4 月 23，我又繼續著，探索，跟走向下一個人生旅程。

再次微笑

스마일 어게인- **再次微笑**

天空飄著微雨，車子漸漸遠離。三星座落在水源的總部，中央門前還是充滿簇擁的人群。

排著長長的隊伍，等著出公司，在三星，不管進公司或出公司，總得經過一道很像機場的嚴格身體掃描，檢查是否有帶違禁品，三星的違禁品很特別。沒有封口的，

ipod 是違禁品，USB 硬碟是違禁品，數位相機是違禁品，甚至手機，沒有把相機口封起來，也是違禁品。

對照昨晚，組裡的同事，帶著我在水源，一家餐廳吃過一家餐廳，喝著一瓶瓶燒酒跟啤酒。

最後邊走邊唱歌回家的景象，今天的離別，特別的冷清許多。

只有天空不斷盤旋而下的細雨，

細細綿綿，又沒有間歇。

幾週前，我似乎還跟幾個朋友在廣安里海灘上，躺著看星星，喝啤酒，聊著天，

跟聽著不遠地方的海邊開的演唱會。

幾週前，我們還去遠征慶洲，看善德女王建的占星台新羅古蹟。

跑到《冬季戀歌》的拍攝地，南怡島跟春川，

西邊的信島，還有漢江大橋，在水源世界盃的足球場，

替韓國隊嘶聲力竭的加油。不管在大雨，走在滿是泥濘的林間小路，還是豔陽下，在南山塔上

遠眺，還是一群人在首爾大公園找傳說中的神獸。

韓國的印象，就將在今天，暫時告一段落了。

韓國，一個我陌生，卻又時常在耳邊聽到的國度。

1992 年，因為中國市場，斷然對曾在冷戰時期，

一起合作圍堵共黨擴散的台灣，冷不防的宣布斷交。

1988 年，在漢城奧運轉播中，台灣街頭小巷裡，

處處可以聽到主題曲〈Hand in hand〉。

1997 年，亞洲金融危機，韓國破產，三星資產面臨嚴重的倒閉危機。

2009 年，那家曾經面臨倒閉的三星，卻以最耀眼的姿態，在 10 月，變成世界最大的半導體公司。

歷史上的韓國，有著很艱苦的命運，飽受戰亂，分裂與統一。

早期的譚君建國，到三韓。

他們曾被大大小小超過 900 多次週遭國家的入侵。

1592 年，豐臣秀吉領著日軍入侵，他們幾乎面臨亡國的危機。

二次世界大戰，更面臨了日本強迫日韓合併，跟在韓國強推日語，與破壞他們傳統文物的摧殘。

60 年前的韓戰，更將韓國硬生生的拆成兩塊，與帶來了一直至今都深深影響著他們生活的：

美國駐軍。

在首爾的東南邊，有一個叫做怡泰院的城市，本名叫遺胎院。在韓戰剛停戰的時候，
住滿許多，常駐的美軍與當地居民生下的第二代（被遺棄的胎兒）。
一直到今天，怡泰院仍是，充滿著各國人種與聲色場所的地方。
一個韓國朋友，曾跟我說，韓國是小國，沒有什麼資源，所以從小，就被灌輸著，
要比別人更努力，才能在這世界生存。

韓國，充斥著儒家文化的身影，對人友善，在公司見到長輩，同僚時，
不時會看到他們互相敬禮，在公司中，大家集體行動，一起吃飯，一起擠在廁所刷牙。
即使加班到很晚，11、12 點，回旅館的路上，都常常可以看到，剛從補習班或自習中心回家的中學生。

在還沒到韓國三星之前，常常耳聞三星的工作壓力跟超長工時，但真正到這裡，才體驗到什麼叫名不虛傳。早上 8 點左右，我的部門，就可以看到大部分的員工，已經到自己的位

置上開始工作。10 點，大部分人都還在自己的位置上。11 點，才開始有人陸陸續續離開。大部分人，一週工作六天。更有甚者，在 project due 之前，通宵達旦，七天工作是時有耳聞的。

很特別的是，儘管大家工作都很忙，但在世界杯足球賽時，竟然只要有韓國的比賽，大家都會放下手邊工作，穿起紅衣，聚集在一起，為自己國家的球隊加油。

在路上走沒多久，就可以看到穿紅衣的行人，

向路邊不時可以看到的一堆坐在一起的人，吶喊。

盛況空前的感覺，是很難用言語形容的。

我們幾個外國人，在某個有球賽的晚上，到水源的空球場，裡面既然滿滿是人。然後，唱國歌，唱他們的隊歌。然後，當球被踢進去時，全場歡呼的時刻，一瞬間，我們竟也不由得的替韓國隊的得分感到高興起來。

在很模糊的記憶裡，台灣，其實也曾有那很類似的時光。1992 年奧運，當郭李建夫，帶著台灣棒球隊打敗日本隊，好多個夜晚，我都興奮的想爬起來，看奧運轉播。

當時的台灣股市熱絡，國際熱錢充斥。

台灣的電子業，更是世界矚目的焦點。那時的立法院，不會每次開會就打架，電視也沒有許多政治談話性節目。

不知何時，台灣遺失的那些樸實與簡單，能再次的，在國際舞台上綻放呢？

短暫的回憶

2010 年 11 月 4 日

回台北的老家,呆了幾天。

去了小時候,常去念書的地方。

跟以前騎著三輪車晃來晃去的小巷。

看著每個時期住的地方,都像是在,腦中播放著一點點過往的泛黃色幻燈片。

然後,再看著,時空的變遷,跟這幾年,

自己的不同。

在那些泛黃模糊的幻燈片中,有著已經被砍掉,但曾經跟著弟弟和媽媽,每週末都去玩的那顆老楊桃樹。

還有已經過世多年,但在小時候,對我們照顧無微不至的奶奶。

還有那些不知道搬到哪裡去的鄰居伯伯叔叔們～

那寬寬厚厚的手，

老愛把我扛到他們高高的肩上。

看著旁邊叫囂嬉鬧的朋友們，

大家～都在回憶裡好清晰。

路過，台北的西門町，天空飄著細細的雨。

有一個，叫作阿宇的人，在那邊奮力的唱著饒舌歌。

他的歌詞，大概是說著，他在西門町六年來的故事。

他說著，他一直很努力，不想放棄著自己的夢想。

儘管身邊的人都嘲笑他，他還是不放棄的在那裡奮力的唱著他的歌。

等待著發掘他的人。

雨點越下越大～在微冷的台北街頭～

不曉得有多少人有仔細的聽完他的歌詞，跟理解，他那不想放棄的決心～

熙熙攘攘，人來人往，的過客～

幾天後，也不知道還有多少人，
還在心中，記得他在大雨裡，那堅毅的眼神。

六年～好長的時間～

見了李前總統～也讀了他送給我們的新書～
《最高領導者的條件》

裡面有一段內容，很喜歡。
　人很需要有信仰～又或者說信念～很多時候，走的路
　是很孤獨的。
　了解的人並不多，堅信自己的理念跟信仰，是支持自
　己走下去的必要因素。

覺得人生有很多課題，我當然沒有歷經像李前總統那樣，權
力最頂尖的險惡鬥爭，跟得承擔千萬人民的未來福祉。
對他的政治理念，遠景，也不見得完全能領會。
但短短的二、三十年人生，也高高低低的體會了不少人情冷
暖。

信仰真的很重要，又或者說，堅定不忘初衷，是支持每個
追尋夢想的人心中，一直繼續往前的那份火熱動能。

惜流年～隨筆

少本性無適　虛與遊四海　誤落樊籠中　寥落數十年
拳拳曚世理　戚戚難具陳　人生寄一世　但傷知音稀
楚天清秋里　水去天無際　盛衰皆有時　何益復虛名
所遇皆無物　四顧何茫茫　漱滌放青志　惆悵獨策還
倦鳥戀舊林　池魚思返鄉　開荒荊野闊　抱拙歸返真

憶昨詩

寫於祖母忌日，奔走他鄉多年，卻從沒一年能回去祭拜。

皓首遙遙喚幼雛　掩云兩扇
呢喃語語應外鼓　老屋殘緩
朝起殷勤持家計　餘煙裊裊
涼雨孤柳絮輕飄　路也迢迢
掩枕東床何人扶　步履闌珊
飄轉雲湧風雨驟　落葉臨秋
緩言輕語問寒暖　喚不回君遠走

荒林四顧茫無人　冷酒出涕縱橫揮
忽聞門外童語聲　坐起急問孫歸否？
聚散輾轉幾時休？暮門寒露能幾何？

北風浩浩窮天際　餘暉窈窈來無地
昔時黃髮戲我側　而今冠佩從其所
城郭宛諾仍相識　還家還記拜祖母

母親的眼淚

count on me，這句話是要付出一定程度的代價的。

不能隨便說出口。

承受著很多天，隨時都有頭暈目眩。

強烈的疲憊感，跟閉上眼睛，滿腦子想著未完成跟看不到

盡頭的 project。

滿天襲地的壓力，

源頭就只是那一句簡單的話。

習慣著深夜走在街上沒什麼行人的路回家。

習慣著，一早奮力爬起床。

看看鬧鐘，又想回去多躺一下，

但又掙扎著跑去公司的日子。

習慣著，一去公司，到處找人問人，希望能找到一點線索，讓進度前進一點點的日子。

然後又習慣著，好不容易，趕完一個 project due。

跟朋友去喝酒。

搖搖晃晃回家的日子（是的，熟悉的朋友別嚇到，菸酒不沾的我現在會喝酒了。而且還不是小時候，偶爾喝喝的那種調酒，是那種便宜常見，但喝下去會讓你暫時忘記壓力的啤酒、燒酒。）

似乎長得越大，
越難承受所謂的責任。

每個責任，
背後所聯繫的，都沒像小時候這麼簡單。

幫忙去個福利社買個早餐。

幫忙去跟隔壁班的同學傳個紙條。

打球缺人，科展作不完。

那些似乎都只要多花些功夫，頂多熬個幾天夜，就可以解決。

但長的越大，

每個人的背後，所背負的辛酸苦辣，也都比以前小時候更加的沉重，沉重到你會很想，能多多少少的幫忙承擔一點。

但，
現實世界，就是沒有會飛，又有勇氣，又能幫你解決各種問題的超人。

現實世界裡，卻又處處充滿著不完美，跟遺憾，
和複雜的各種關係。

踏月荷鋤歸。

跟我一起合作的同事，剛生完小孩。
本來要四個人一起合作的模塊，
卻又因為組織改組，跟一些意外，變成我們兩個人要一起把它完成。
偏偏這是新的模塊，沒有其他人懂。
導致我們得常常加班。

有幾天，同事加班，因為擔心她剛出生的小孩在家沒人照顧，

壓力太大的，在深夜沒有太多人在的辦公室哭泣。

從此，就開始了我狂加班，

盡量讓她準時回家照顧小孩的日子。

其實我也很累。

很多東西也都不懂。

也一直有新東西要學。

但總覺得，很難看到一個母親擔心自己小孩的眼淚，卻自己還能不盡力的作點什麼。

看過在病床前，擔心自己小孩的母親，強忍著的淚水。

看過在兒子喪禮前，強扶著瘦弱身影，眼淚狂流不停的影像。

還看過，拖著疲憊身軀，回家看到小孩幸福睡著，欣慰的淚水。

每一次，都覺得那些淚水，很震撼。

震撼到可以流進我的心裡。

震撼到我很想盡一點力的讓那些淚水，別再繼續滴下來。

有時候覺得，主管很狠心。

何必這麼 push 我跟一個剛生完小孩的婦人。

但有天，跟主管單獨吃飯，

聽著另一個壓力沉重的故事，

卻又令我啞然。

主管獨自一個人，在這個國家賺錢。

幾個小孩在加拿大念書。

太太因為抱怨他工作時間太長了，聚少離多，

很早就沒再回來。

主管說：

也許，他看來很堅強。

但回到家裡，他總覺得孤單落寞。

這世界，原來，是有一些責任得讓你，天天都待在公司跟努
力完成每個指派的工作，為的就是讓自己的小孩過得更好。

有比自己更好的機會。

更好的環境。

儘管，自己得為此犧牲，付出掉這麼這麼多的東西。

於是，事情想到了盡頭我卻發現，長越大，對很多事情，都
越難找到很合理的解釋的。
儘管明明一切都這麼的不合理，
卻一切都還是一樣繼續的進行。

繼續的往前走。

大家繼續著忍受。

再慢慢的變成習慣。

將赴西行以酒代言

黃風萬里動秋色　九波隴底流雪山
妍薄將奈八荒何　竄逐蠻荒險難攀
媛伶涓涓隔秋水　濯足霍霍風吹衣
君歌暫休為我歌　我歌今與君和鳴
久歌聲罷辭酸苦　餘音終了淚襟衫
思雲四方天無河　清風不盡月夜催
草木知春不久歸　萬物有時皆非人
當流赤足澗石樂　日暮東風秋滿池
人生至此自可樂　豈受局束為人茫
一杯相邀君當歌　有酒不飲待何時？

台灣台北　我的家

2011 年 8 月 7 日

在我還很小很小，

台北街頭還以西門商圈，中華商場為主的時候。

那時的台北，沒有新光三越，台北 101 的豪華大樓。

家家只有黑白電視，電視打開只有永遠的那三台。

新聞報導著，小小的台灣是外匯存底世界第二多的國家。

國民平均收入，是韓國、香港、新加坡的快兩倍。

當時的大陸，還沒宣布改革開放。

台灣的十大建設，

吸引著許多附近國家政府，組團來參觀

台灣科技園區的成功～
更帶動著許多優秀的海外人才回國創業。

各產業欣欣向榮。

數十個年華過去。
當時的亞洲四小龍之首。
慢慢的變得熱鬧起來。
台北東區本來一片片的稻田，蓋起了，一棟一棟的高樓大廈
～
西門的中華商場，小時候，幾乎天天去的地方，也被拆除
了。
電視更多了好多台～

也多了好多名嘴。

開始路上不定期的，出現許多選舉的旗幟。
各家電視報紙，
開始對不同的政見，發表看法。
似乎一切的一切，都變得更好，變得更進步了。

可是阿～

不同的報紙，不同的政論節目。
卻總是對某一不同理念的政黨，政治人物，提出否定性的
批評。
相同理念的政黨，總是肯定性的讚美。

政壇裡，開始出現很多不同的英雄，
這些英雄，口口聲聲說愛我們的家鄉，

但所作的，卻多是，出來批判對手的政見，卻很少能提
出，很有建設性的政見。

於是，大家都替自己冠上英雄的稱號，而對對手冠上否定性
的稱號。
曾幾何時，
台灣的新聞打開來，不再能看到以前那種欣欣向榮的感覺。
多是不同的名嘴，在分析今天誰誰誰，說了哪些話，
那些話，是多愚蠢，多不對，多背叛我們主流民意的。

很少有人討論，以往傲視亞洲，大家組團來研究的中正國際機場，

已被周圍國家，韓國的仁川，上海的浦東，香港國際機場遠遠的拋在腦後。

每一年回到自己的家鄉，

總有很深很深的感觸。

當選舉時，大家口號喊得群起激憤，

要超越什麼，要建設什麼。

但有多少人知道，

其實台灣的競爭力，在這幾年當中，已在大家

吵來吵去，跟專注在像八點檔一樣的名嘴節目中，慢慢消耗殆盡。

不管是ＯＭＤ或是ＩＣ設計產業，

還是兩兆雙星，當台灣努力在作 cost down，

不重視產品技術專利研發時，

台灣的產業，其實無形當中，

正慢慢走向技術黑手的道路。

即使是這些年，台灣引以為傲

慢慢轉型的品牌公司 HTC～

跟蘋果將智慧手機當作銷售平台

的賣 itune 跟 iphone store 相比～

HTC 還只停留在賣手機硬體

本身的低毛利路線。

跟許多國際大廠相比～

台灣的產業，仍在追尋

工時長，

毛利低，努力的 cost down。

有一天，當鄰近的大陸，東南亞，技術崛起，

加上較低的人事成本優勢，

～台灣的生存空間，就會變小許多～

台灣台灣～

每次當外國友人問到我的家鄉時，

我都會費勁的訴說著：

這是充滿人情味，跟大家努力在一個沒有太多資源，國際處

境艱辛，奮鬥的故事。

但在心裡的深處，

卻又很期望著，台灣能回到小時候，那模糊記憶裡，一片欣欣向榮的景象。

李國鼎，趙耀東，那群在艱苦日子裡，將自己心力都奉獻給台灣，死時，卻沒給自己留下多少財富的人～在我的心裡，才是真正真正的
台灣英雄。

他們從來不會在電視前面，大聲激昂的爭辯，作秀～
只會默默的在後面為台灣該有的建設藍圖操心。

秋夜‧隨筆

弦弦相思弦弦泣　　愁腸百段展轉回
清風明月孤松影　　丁香秋芒各展愁
千山霜雪雨霏霏　　琵琶弦上訴依依
去年斜雨雙飛燕　　揚柳羅緒高峰稀
今我來思懷故宴　　相望相思不相見
思君之心似江水　　日夜東流無絕期
一二三四五六七　　七六五四三二一
城上高樓頻遙望　　天涯只識夕歸舟

過客

2011 年 10 月 8 日

隨著歲月增長，

就常常會有，自己只是現有環境，團體，

聚聚散散的過客之一的感覺～

或許是這幾年來，總是，

在歷經不同的城市，

不同的國家，不同的人群中，相見，熟識，然後再分離，的

過程。

似乎，早就應該要習以為常的認為，這就是人生的常態～

但總會在某些特別的時候，又或者，舊地重遊的偶然機會

裡，

想起曾在人生旅途片段中，一起跟你歡笑，一起面對挑
戰，一起討論人生大夢的那些朋友。

惜人已遠。

漸漸的，

覺得早應該對朋友聚聚散散習以為常的我，

卻每每還是會為在另一個離別的時候，惆悵滿懷。

人是很不同的，但也都很相像，

那些在一起討論過人生大夢的朋友們，

有膚色的不同，

也有很有錢的，也有曾經在某一個地方，或在某領域叱吒風
雲的人，

一樣的，也有在窮困社區裡，或者天天終日為著金錢家人忙
碌的人。

這世界確實很不公平……

有許多人，可以剛出生就不用擔心金錢，睡著的時候，都
可以有源源不絕的錢財，

也有許多人，天天辛苦的忙碌著，卻還要擔心著下一餐在
哪著落。

但，不同的地方，不同的膚色，那些際運有著再怎樣不同的人，都還是一樣。

有著自己的煩惱，

自己的擔憂，自己的喜樂，

跟自己的夢想。

也終有一天，將會成為這世界的過客，

老死而去。

現在的旅程，

不知道哪時會結束，

也不知道，下個旅程在哪裡。

但一樣的，我也只是一個過客，

會繼續帶著我的煩惱，夢想，

跟這個旅程給我的體悟，

成長跟回憶，去探索下一個旅程。

人跟人，總要透過真心的對話，理解彼此的傷痛，歡樂，
才能真正的了解對方。
也才能體會，彼此的行為。

친구

2012 年 4 月 21 日

〈친구〉是一首剛到三星的時候，

另一個 team 的 leader 在組內聚餐喝完酒後，教我唱的一首歌。

在卡拉 OK 裡。

他們也曾經點了這首歌，全組跟著我一起唱。

這首歌，

就是周華健的那首〈朋友〉。

人，不管語言，或者文化，或者背景的不同，

在內心的深處，

都是有著自己對自己夢想的憧憬。

一樣的，也小心翼翼的藏著自己的悲傷，

跟面對著自己的挑戰與擔憂。

而朋友，

就是那群，在不同時光，不同的地點，跟著你，互相扶持的

那一群人。

世界確實很大，

也有著各種各式各樣的人。

在不同階層，不同國家，不同公司，不同學校的人們。

總充斥著一些為了虛名與利益，或是不同意見爭得你死我

活的人們。

但，不管最後這些虛名或利益，

在所有爭奪結束後，不管誰勝誰負，

在許多年以後，當你離開了那些時空，

真正能讓你從心裡感到懷念與溫暖的，

都是那時跟著你，一起互相扶持的朋友。

朋友，就是不論語言或文化，或是階層的隔閡，
都能敞開心胸的那群人。
朋友，
是在你不如意時，
可以對你伸出援手，
跟毫無怨言跟在身邊的那群人。

朋友的真正價值，是比那些，所謂的虛名跟利益，都還要來
得珍貴許多許多的。

當人自傲的認為與簡單否定其他人～
內心的驕傲就會讓自己的盲點擴大。

無論是誰，
都需要一群能互相扶持～相互奮鬥的朋友。

韓文歌詞

괜스레 힘든 날 턱없이 전화해
말없이 울어도 오래 들어주던 너
늘 곁에 있으니 모르고 지냈어 고맙고 미안한 마음들……
사랑이 날 떠날때 내 어깰 두드리며
보낼줄 알아야 시작도 안다고
얘기하지 않아도 가끔 서운케 해도
못 믿을 이세상 너와난 믿잖니
겁없이 달래고 철없이 좋았던
그 시절 그래도 함께여서 좋았어
시간은 흐르고 모든 게 변해도 그대로 있어준 친구여……
세상에 꺽일때면 술 한잔 기울이며
이제 곧 우리의 날들이 온다고
너와 마주 앉아서 두 손을 맞잡으면
두려운 세상도 내 발아래 있잖니
눈빛만 보아도 널 알아
어느 곳에 있어도 다른 삶을 살이도
언제나 나에게 위로가 되 준 너
늘 푸른 나무처럼 항상 변하지 않을
널 얻은 이세상 그걸로 충분해
내 삶이 하나듯 친구도 하나야

中文翻譯

人生不如意時　無緣無故拿起電話

毫無怨尤的聽我哭訴的朋友啊

一直無聲無息陪在身邊的朋友啊

我很抱歉　也很感謝

當我失戀時　你拍拍我的肩膀

告訴我只有學會忘記　才能有新的開始

即使不用語言表答　即使有時這個世界的虛偽令人惋惜

我們的友情仍舊堅不可摧

我們曾經無所畏懼　我們也曾不明事理

那些時光　我們一起度過

時間流逝　世事變遷

朋友啊　你仍舊在我身邊

歷經滄桑之後　讓我們一起喝一杯

仍可一起笑談我們的年代

當我們相對而坐　雙手緊握

艱辛的事也會被踩在腳下

一個眼神就可以暸解

無論何時何地　無論什麼事情都能讓我安慰的朋友

有著像樹一樣堅固信賴的朋友……

這樣的一生就可以說無怨無悔了……

正像人的一生只有一次一樣，

朋友的真情也只有這一次

人生不如意時　無緣無故拿起電話

毫無怨尤的聽我哭訴的朋友啊

一直無聲無息陪在身邊的朋友啊

我很抱歉，也很感謝

當我失戀時，你拍拍我的肩膀

告訴我只有學會忘記　才能有新的開始

即使不用語言表答，即使有時這個世界的虛偽令人惋惜

我們的友情仍舊堅不可摧

我們曾經無所畏懼，我們也曾不明事理

那些時光　我們一起度過

時間流逝　世事變遷

朋友啊，你仍舊在我身邊

歷經滄桑之後　讓我們一起喝一杯

仍可一起笑談我們的年代

當我們相對而坐　雙手緊握

艱辛的事也會被踩在腳下

一個眼神就可以瞭解

無論何時何地　無論什麼事情都能讓我安慰的朋友
有著像樹一樣堅固信賴的朋友
這樣的一生就可以說無怨無悔了
正像人的一生只有一次一樣
朋友的真情也只有這一次

台灣逐漸消逝的美夢

2012 年 7 月 14 日

我知道好友群裡有很多政治人物朋友、前輩～

如果你們看了這一篇文章，

而隱隱約約的覺得，有需要為這片土地做些什麼，

請用手去做些事情吧。

你們擁有比一般人更多的權柄與影響力。

更可以比一般人，真正的去動手改變，讓一切都變得更好。

跟我相似年紀的，

一定都聽過一個口號～

那就是：

亞太營運中心

政府在 1990 年提出的口號，

嘗試將台灣建設成亞太六大中心，

包括製造中心，海運轉運中心，航空轉運中心，金融中心，電信中心和媒體中心，

幾乎 20 多年過去，

這個當時看似很有機會達成的美夢，

現在卻離我們越來越遠。

時間回到 1990，

當時的台灣，

高雄是世界第二大港。

台灣的科技業製造業，

遠遠領先韓國，在亞太四小龍裡連續 10 多年位居經濟成長率第一。

高盛的統計資料，

台灣的經濟成長率在 1960－2000 年，

平均值是 8.6%，

高於韓國的 7.9%～

更在世界主要的 75 個經濟體中位居第一。

台灣的十大建設，

當桃園國際機場剛蓋好的時候，鄰近的新加坡，韓國，香港紛紛組團來觀摩，

看這個當時號稱亞洲第一的現代化機場。

1990 年的時候，亞太營運中心這個名詞對台灣來說，似乎實至名歸。

我們的競爭力，也遠遠超越，沒有太多資源的香港、新加坡，跟財團壟斷的韓國。

20 年過去了。

去過香港、新加坡跟韓國洽公的人一定知道，

我們現在，遠遠落後這三個經濟體。

曾幾何時，大家認為唾手可得的名號，

為何漸漸遠離。

而我們的競爭力，為何退後到甚至接近跟泰國比較的階段？

（2008 年有一度台幣跟泰銖的比接近 1：1）

來看看台灣現在有哪些問題

全民炒房

嚴重的空屋率跟高得不合理的房價：

房地產的高成長在經濟成長快速的經濟體，常常是伴隨而來的問題。許多人會說，台灣人儲蓄率很高，房屋泡沫化不會是我們將會面臨的問題。但，1980 年的日本，1997 年的香港，2008 年的愛爾蘭～這三個經濟體的儲蓄率，完全不會比台灣低。但都面臨了房地產泡沫化的結果，台灣的空屋率大約在 19% 上下。平均每五間就有一間空屋，相較於其他國家，約在 3～5% 之間，台灣的空屋率高得不合理，房價也嚴重不符合台灣的平均收入。（台灣的ＧＤＰ是愛爾蘭的一半。台北的房價卻比房地產泡沫化之後的愛爾然還高 1.7 倍。）

如果還不知道誇張性。請各位讀者開車去台北市晃晃。數一數那些房仲業者的數目。你會發現房仲業者的店面，幾百公尺就一間，快要跟 7-11 差不多多了

全民瘋政治

台灣選舉活動很頻繁，大型選舉的次數也很多。

政論節目比比皆是。一大堆名嘴們，爆料似乎也變成另類的台灣奇蹟。

每到選舉時，大型造勢晚會，還有路邊旗海飄揚的情境，似乎鄰近的韓國，新加坡跟香港對政治的投入似乎都跟台灣有一定程度的差距。

各大媒體，對政治選邊站的壁壘分明，

也是可以用誇張來形容。

同樣一件事情，不同媒體報導的風格正面負面就完全不同。

只問立場，不問對錯。又或者，立場不同，就強行將對錯硬ㄠ成自己的立場。

似乎是台灣這幾年來漸漸深植於人心的文化。

金融不自由，賦稅不正常

台灣的營業事業稅接近 20%～

贈與稅，遺產稅也都比鄰近的新加坡，香港高很多，金管會對資金基金的限制，也比香港新加坡嚴。

金管會對外資與內資投資的管理條例極度不平等，

在查洗黑錢與貪汙的同時，

也逼得自家人的投資基金得遠到香港，新加坡去設一個境外帳戶，以增加自己的競爭力與金融自由度。

於是公司到免稅群島註冊，帳戶設在香港跟新加坡～賺台灣的錢，卻稅繳給其他國家。

資金放在國外，幾乎是各大中小型貿易公司都知道的也正在執行的上行下效對策。

機場海港的腹地不足，交通不夠便利

去過香港洽公的人一定會對從機場到國際金融中心 IFC 的便利交通印象深刻，

幾乎一出機場，就能在 30 分鐘內到市中心，

坐在會議室內跟客戶面對面的討論～

而會議一結束，在市中心又能馬上 check in

自己的行李，而再兩手空空悠哉的搭車到機場。

香港國際機場離 IFC 的距離是 50 多公里～

並沒有比桃園到台北的距離近，但便利的交通～

自由的貿易法規，卻使得香港跟新加坡在沒有太多資源的客觀環境下，卻還能在競爭激烈的國際環境下獨占鰲頭，

如果還不知道差距性，

就去以下機場看一看，然後自己在心中替這些機場打個評

比，相信你會跟我有類似的結論：

韓國仁川機場

上海浦東機場

香港國際機場

日本羽田機場

新加坡樟宜機場

金融機構過於分散

如果說，拉斯維加斯是賭場的聚集地，

Palms Spring 的 outlet 是精品店的聚集地，

華爾街是投資公司的聚集地，那香港的 IFC 跟新加坡就是銀

行的聚集地，甚至近年來急起直追的韓國，也在汝宜，國會

殿堂跟江南區，建立起了一棟又一棟的國際金融中心。

去過香港跟新加坡的人，都會對集中在特定區域的金融貿易

大樓印象深刻。

要建立金融營運中心，

卻沒有群聚效應集中的金融機構群，最後都只會淪為口號似的營運中心。

國際化不夠，國際級人才來台工作限制過多

在香港，新加坡，甚至是首爾的街頭，時常可以看到金髮碧眼的外國人在路上走動～
而台北？看到的機率就明顯小很多～

在香港，新加坡，甚至是首爾，外國人可以在這些地方從事高階經理人，與金融白領階級的職務。
而在台灣的外國人，則多是從事英語補教業的工作。

試問，不重視國際級的人才，與不吸引國際級的人才，
甚至是限制國際級的人才來台工作，
怎能建立起國際級的營運中心？

企業的國際觀與缺乏國際級的企業

台灣的企業，普遍是中小企業～

能稱得上國際級的大企業寥寥可數～

而大型一點公司員工的成員，則大部分是有相同思維的台灣人，

公司文化的多樣性，包容性與國際廣度不足。

而台灣企業多著重於代工與次級的成熟產品市場，

較不注重先進的研發～

使得台灣在產業的微笑曲線中，只能作產業鏈當中，較為辛苦獲利又較為薄弱的一環。

比上無法與建立起品牌價值的歐美大廠，甚至日本，韓國大廠比較；比下則還得面臨大陸東南亞各國技術上的急起直追跟低價競爭～

正如此文的標題，

台灣正在隨著我們漸漸喪失的優勢而漸漸遠離我們的美夢。

從以前的兩兆雙星產業，

DRAM 面板業本來擁有的大片江山而到今天的窮困危城。

比起香港跟新加坡，

台灣都擁有較多的資源土地，與人才優勢，

然而，政府的封閉式政策，朝野的極端對立，

跟大部分人選擇短視近利，賺取短錢的作法，

正在一點一點消磨我們的種種優勢。

改革跟開放，會伴隨著陣痛，

但不及時的改革與開放，

會如溫水煮青蛙一樣，

讓自身不知不覺的慢慢陷入死胡同裡。

20多年前，當韓國政府打算開放日本流行音樂時，

國內反彈很大。

大家聲稱，韓國將淪為日本流行音樂的

殖民地。

同樣的反彈，也出現在開放日本電器、

汽車……等等的相關政策。

但，韓國一個又一個簽署了的FTA換來的，卻是今天少女時代風靡全日本。

三星電子市值超過日本前五大電子公司的總合，三星手機在全球熱賣。

開放必換來激烈的競爭，

但競爭的同時，

卻是自身能力跟隨著外在環境成長的契機，

台灣再不把握僅剩有的優勢。

從人心，至政策上的推動，到企業的轉型，

幾年之後，也許這塊我充滿感情與回憶的家鄉，

最後能讓我們對外人稱道的，

只剩下便宜好吃的小吃，跟貴到買不起的房子？

時至 2020 年，現如今的故鄉台灣，與八年前，愚昧的我眼中相比，改變了多少呢？

在全球飽受天災人禍瘟疫摧殘的今日，故鄉台灣有幸能在許多人的犧牲奉獻下，取得了罕見的發展良機，數年之後回頭，或許我們問的問題會變成，

當年這千載難逢的良機下，當政者們是否展現出了台灣人應有的骨氣和勇氣，大刀闊斧地改革了呢？

回歸

2012 年 10 月 22 日

在 08 年幾乎失去一切，一直到現在，才又在苦苦掙扎後，慢慢地找回逝去的東西～

4 年過去～

似乎本來遺失的，都慢慢拿回來了～

很慶幸在低潮時～並沒有失去了自己。

今天看了以前自己在人生最低潮時候的雜記～

許多體會，都更加的深。

感謝在當時鼓勵著我的人，感謝當時，並沒有因為低潮，自己就變成了對一切都失望的惡魔。

幾句當時在人生低潮時的體悟～

低潮

我自認著，這幾年的飄零生活，也算很苦了，
但跟很多真的遭遇大風大浪的人比起來，確實不算什麼。

我還能溫飽。
也衣食無慮。
不知道在多少年前，在哪看到的一段話：

我很難過，因為我沒有鞋子，走在路上，
我卻看到另一個沒有腳的人。
人總會以為或忽略了，目前還擁有的東西，
而追尋著，沒有的，或可能失去的一切。
因而忽略了該擁有的信心，與對未來的憧憬。

我確實對某些，做事不擇手段，
或是，做些小動作的人不齒。
但又偶爾覺得，世界的本質，是否是需要人忘卻本來的真
誠，為了生存跟競爭，轉向不擇手段那途，

也羨慕那些，走捷徑而放棄正途，平步青雲的人們。

捷徑是成功該有的道路？

這問題在我心中，存在也爭論過數次。
但我卻開始體會，也應該是很多年前，早就有人，說過數次
的真理。

爬到最高的人，都是一步一步扎扎實實的走出來的。

能站在頂端的人，都是人格高尚，也注重穩紮穩打，不貪圖
一時小利的人。
他們不因一時的挫敗，而放棄心中堅持的初衷，
跟信心。

也許，慢慢走，會因為一時挫敗，而多走許多路途。

但，這些路途蜿蜒，卻還是會慢慢走向頂端。

公平與正義

白色巨塔的主任說：

> 這世界本來就沒有公平道義，你要學會的，是如何玩
> 生存遊戲，誰擁有的資源多，就擁有詮釋事情內容的
> 權力。

橫批：這世界，不是沒有公平道義。而是，大部分的人都選
擇拋棄了它們，而當我們選擇了捍衛公平與道義，我們就得
擁有更多的勇氣與耐心，去踏穩自己選擇的道路。

死裡逃生

每一次死裡逃生，遭遇苦難，總是在幫我們，能諒解，同情別人的處境。

人們總常喜歡，批評別人沒有信心，逃避試煉，但是曾經歷苦難的人必不如此。

他知道懂得別人所遭遇的苦是什麼。

缺點

人都有缺點，當發生意外或挫折的時候，是學習發現自己缺點的時機。

如果沒有發生挫折，不會讓自己能更清楚的看清自己的缺失與改進自己。

不管做什麼事情，遇到什麼，都是磨練，學習的契機，學著讓自己更加有能力。

學著讓自己，克服自己的軟弱，擔憂。

學著讓自己，更能處理，面對，所有在眼前的挑戰～

人因遭遇的挫折，與挑戰塑造成現在的自己，每一個傷痕，每一個刻骨銘心的痛，都是讓自己更勇敢更堅強的契機跟養分。

舞台

人的一生當中，都有許多舞台，
舞台上有序曲，也有謝幕～
台下的觀眾，或者讚賞，或者怒罵嘻笑～
台上的人，或者時時刻刻戰戰兢兢，或者不當一回事的雲淡風清～
有人說：

不需計較一時毀譽，不需爭一時的對錯，放眼自己遠方的目標，對得起自己，好好前進就好。

我卻覺得，台下的觀眾
體會得了的，就是知音～體會不了的，就是一般芸芸眾生。

能真的深刻體會自己苦處～難處的知音。

又何需期待有太多呢？

既然有想上台表演的勇氣，就要有不期待被全部人理解的
豪氣！

真心

真心去對待一個人，是不需要有條件的。

在藝術的世界裡面，沒有所謂一定的標準，只要那個作品對
你來說是有價值的，那它就是獨一無二。

陶瓷也不過就是一堆泥土，但是經過人的塑造，火的淬
煉，不起眼的泥土，可以變成璀璨的藝術！

有故事的人，才能真正創作出璀璨的作品。

如果你忘不掉的過去，那就乾脆不要忘記了！埋在心底裡，
做為人生故事的一部分～

那沈寂的過去，就會變成養分，

夠傳遞感動的商品，才能成為消費者信任的品牌～
能傳遞誠懇與感動的人～才能挑起大家信賴的大樑。

邂逅

霍霍居中首　徐徐滯婉留　如風沁佳顏　餘暉伴皓齒
夏鳥催心翼　雲帆映海洲　翾翾遊四海　暢暢曠心悠
淡飯飄絕塵　粗茶醉滿腸　風華悵桑桑　雲履思茫茫
鄉居多俗事　世事盡擾愁　暮深山幽境　尋清心圓浮
蜚聲訛無垠　妙語朧阡陌　一笑凝白雲　三巡詠性真
舉杯迎青衿　展笑送千愁　回首輕羅遠　悠悠瀝淒楚

台北的天空

2013 年 4 月 13 日

今天上了風之谷，把以前大學的日記備份了，找到以前寫的一些雜記。

原文寫於 2002 年，某一個母親節。

台北的天空，不管看幾次，都會有炫爛的感覺。漫天狂亂的雨點，旋身而落，輝映著點點燈火，五月，挾著狂風暴雨，我又站在這片熟悉的土地上，在母親節前一天，一直到飛機飛上煙霧般的雲端上，我的腦筋似乎還沒有會意過來——我正在回家的路上！不由得暗笑自己瘋狂，前半小時，我還在醫學院的圖書管吧？念著下週要考的一堆考試，還偶爾自責自己書都沒念，拖到這麼晚才開始念，報紙上斗大的標題～～氣象局發布海上陸上颱風警報。相對於臺南的大情天，台

北，伴隨著讓飛機不時晃動的大風，還有震耳欲聾的雷聲，下了飛機。穿著剛剛在圖書館一直覺的熱的短袖衣服，風帶著大豆般的雨，不時的颳括我的臉～微冷；搭上好久沒搭的公車，感覺有點親切，我是從國中，就天天搭 245 上下學，心中暗想，公車上，熟悉的公車廣告跟穿著熟悉制服的高中女學生～外面灰暗的天空，兩旁快速向後退的大樓。

這是家吧？

我熟悉的台北，本來沒想要回家，這一週，因為有一堆接踵而來的考試～也跟媽媽在電話中說好了。身上剩下的，也只有兩千多元，還需過半個月的～抓著亂七八糟的頭髮，告訴自己，得暑假才能回去，心中在回想，到底是怎樣的衝動，讓我不顧考試和所剩無給的錢，還搭一張快 1000 元的飛機票，還在颱風天。

恍然～回到家中，我所呆的時間，總共是 2 個半小時，為了趕搭最後一班飛機，我吃完了晚餐，就一路再趕到飛機場，想趕回台南。在離開前，叫弟弟到外面去訂了一個蛋糕。打算明天母親節送給媽媽的，媽媽很少過母親節，也從未買過蛋糕～我連她的生日也都不知道～從小，她吃著比別人多的

苦把我們拉拔長大～叫弟弟去買蛋糕時，他也一臉錯愕，如果我沒回來，大概，母親節，對我們也不具特別的意義吧？我想～印象中過過的母親節，是在小時念幼稚園的時候，學校總會教我們畫自己的母親節卡片。回家的兩個半小時，沒看到爸爸，大概又一如往常～我想，再搭車到機場時，雨下的更大，還有忽忽的風聲。媽媽堅持要送我去，我們就淋著大雨，搭到中山區去，等著搭飛機。媽媽明天要下去北港的～因我外婆快過逝了。本來在5月2日就已經斷氣了～但醫生用電擊將她救活。現在加護病房中等著大家去看她最後一面，春假時，有去看外婆，當時她在醫院，看起來還很硬朗。

人生就是這麼無常吧！

進去了機場，不時傳來某某班機停飛的消息～心當下一直浮現馬來西亞航空在颱風天起飛，結果失事的畫面，久久揮之不去。外面雷打響了的天，依舊，當我登上登機門時，媽媽的眼睛已經開始紅了，心中五味雜陳，對很多事有點沉重，但又覺得麻木。心中來來去去的，有許多許多的畫面，還不時夾雜外婆爽朗的笑聲～很難理解，大人的世界，乃至於他

們在想什麼。外婆，一直對我很好，去年，她也跟著大姨來台南看我，送我幾棵大大的富士蘋果。小時候，外婆來我家，都常被爸爸趕走，因她很愛玩六合彩，爸爸都怕她跟媽媽拿錢。

依稀記得，暑假常跟她在家裡看《濟公》，她帶來的八寶粥很好吃～那時好像是爸爸住院，她來我家幫忙～春假回北港，看她躺在病床上～爽朗依舊。

但她似是乎不是很喜歡我們去看她，也許，大人的世界，充滿著許多我所不知的元素：我所知的只是那碩大的富士蘋果，好吃的八寶粥，和那爽朗的笑～飛機起飛時，我一直將頭靠在窗前，希翼能從窗外捕抓一點畫面，不論是母親泛紅的眼，亦或台北的家～但所看到的，只是越來越遠的燈火，和豆大的雨滴，輝映在燈火底下的餘光，眼前，也不知是否景物的漸行漸遠，抑或思鄉情怯的心情，竟為之矇矓了起來，台北的天空，依然是炫爛的，不管是在底下，還是在雲端。

隨著年紀越來越大，與家的距離，從台南到台北間的半個台灣島，一度變成了整個太平洋，自己也在不知不覺中，踏入了當年無法理解的大人世界裡，成了人父。

當年那個思鄉的少年身影，如今仍能在夜深人靜時的鏡中隱約見到。

懷念的高麗菜封

2013 年 4 月 13 日

這篇是大二（2001 年）的時候寫的。

看在數年後的今天奶奶已經往生，

從來沒有一年回去掃墓的我，

感觸特別的深。

記得那年我已經到美國來，家裡沒人敢讓我知道奶奶已經往生。

一直到我考試完，

在客廳痛苦數個小時。

哪一天，當我很老的時候，我會到南部去住。

台北，沒有地方讓我搭棚。

濃濃的鄉音～用台語。

奶奶曾經跟我說過這句話。

那時我國中，她的身體很好，家裡養了一隻狗，她常常拿著掃把追著狗打架，想想也覺得奇特。

小時候的家中，好像養過各種東西，雞、鴨、貓狗、烏龜、魚，還有白文鳥，也許是怕奶奶一個人在家裡顧家無聊，寵物，似乎在小時的印象中跟奶奶的身影串在一起，最深的印象。

奶奶到 80 幾歲身體都很硬朗，每年的冬天，寒冷的晚上，有時念書念到凌晨 3、4 點，在睡覺前，朦朦朧朧進入夢鄉中，總夾著她起床準備早飯的腳步聲。

端午節，已經習慣吃她包的粽子。

過年，更習慣在早上朦朦朧，聽他煮年糕敲打鍋碗的聲音。

薰煙裊裊，依稀看到她的背影，來來回回的，穿梭在廚房中。

小時候，他總愛背著我到街頭，買一塊錢的糖，或買些養樂多，買點小零食給我～那是我一天中，最期待的東西。

後來，大了些，上小學了，愛跟姐姐吵架，奶奶很疼姐姐的，我跟姐姐拿著棒子打架時，奶奶會來護著她，就這樣，我有時，也會跟著一起跟她吵架，這是國小時的我。

有陣子，爸爸好多天沒回來，我好奇的問媽媽，媽媽說，爸爸住院去了，會很久才回來。媽媽天天去上班，國小是上半天的，每天回家時，都是奶奶幫我開門，再帶著我去菜市場買菜。

有天，美術老師說，當你帶著一個希望，去畫畫時，一直畫，一直畫，願望就會實現，我當天回家，跟家中的菩薩請求，爸爸的病趕快好，然後就拿起了蠟筆，畫了好多小叮噹，一直畫到隔天，整晚沒睡。

又有天，我跟老師說，我好想爸爸回來，她跟我說，你好好念書，考第一名，爸爸的病就會因為高興，好起來。我那次月考，就念書念到很晚，一直念一直念，不記得念多晚，但那是我第一次每科都考滿分，那是國小二年級。

念著第 20 課，媽祖的故事，林默娘拿著燈籠在海邊等爸爸回來。但，家裡依然冷清，每天回家，還是奶奶煮飯給我吃，然後去菜市場，然後等媽媽回家。

有陣子，賭氣的不跟家裡的菩薩拜拜，那時我很懷念幼稚園，應該說懷念吧！也許那時不知道什麼叫懷念，只知道那

個時候很好，每週週末，爸爸都會帶我們全家去玩，去各個地方，去抓魚去爬山，有天，我們搬家了，爸爸那時也不在，媽媽說，爸爸去台中出差了，會去幾年。那時我較懂事了，不再跟奶奶打架，印象中這時的奶奶，變的跟以前一樣和藹了，就像以前，常帶我去買養樂多的奶奶一樣。

上國中後，幾乎都在念書，比較晚回家，也比較少跟奶奶聊天，但有次印象是她在哭，她說她孤單，她似乎不再像以前一樣，常常出去菜市場逛了，每天大部分時間只關在家裡，有時睡的晚了，早餐、中餐也都沒吃，這是我到後來才知道的。

台北的家，給我的感覺比舊家陰暗，濕冷多了，奶奶來我們家之前，是住大伯家的，後來住到二伯家，她最疼的小孩，是我的堂哥，她常說他聰明，也常說他最愛吃高麗菜羹。國小時，堂哥正在台大電機念書，也許是自己也想變聰明，就常跟奶奶說，我也愛吃高麗菜羹。

後來堂哥去美國念書了，後來堂哥也結婚了，後來堂哥也回台灣的大學去教光電了；奶奶說，他都不常打電話來跟她說說話，越來越常看她哭，有時會自暴自棄的說不想活了，也許，那時的她，身體依舊硬朗，還是我注意力留在功課中，並沒太在意他日益變差的身體，她還是習慣買養樂多給我

的，也還是習慣煮高麗菜羹給我吃，儘管我上大學了，有時抽空回到家，冰箱中，還是會有養樂多在等我。晚餐，也不變的，會有高麗菜羹或我愛吃的米糕。

高三，她有天，一直哭一直哭，我那時在準備考試，也不知發生什麼。過幾天，看到她，發現，她的背駝了，因為骨質疏鬆。心疼，我想到我幼稚園的時候，她綁著大花布背我的樣子，再走幾公里路，到菜市場去買養樂多。

前幾週，去看奶奶，她住到南部去了，剛開學，姐姐打電話來，說她的腳骨折了，因為骨質疏鬆。

考試前一天，搭飛機回去看她。她萎頓在醫院中，衰老好多好多。回來，連續感冒好多天，也好多天沒睡好，也許害怕。家人商議，送奶奶到南部去，至少有人能照顧她，且南部的天氣比較好，請了個看護看她。好久前，就一直想去看她，但是一堆作業，幾乎走不了，到了上週才有時間去看她的。

心中還是縈繞著那句話：

　　哪一天，當我很老的時候，我會到南部去住，台北沒
　　有地方讓我搭棚。

那是她看著別人家在辦喪事時說的話，冬天了，過年也快到了，今年回家，不知能不能看到熟悉的身影，在裊裊的蒸年糕的煙霧中，今年回家，不知能不能聽到熟悉的的腳步，在天未白的早晨，真的會希望，時間不要不斷的走的，有好多好多的事想作，真的會希望，自己能趕快，有點小成就。親愛的菩薩，萬能的神，能否讓我有多些時間，要我再執畫筆，要我再多努力的熬夜，我都會願意的。

懷念很多東西：

高麗菜羹，養樂多，米糕，粽子，還有舊家熟悉的暖陽。

十年

2013 年 8 月 12 日

來美國十年了。

當時飄洋過海的那個青年，

帶著氣吞天下的豪情，

想結識天下各路英雄好漢～

跟找夥伴攜手闖蕩江湖的天真稚嫩，

似乎離我很遠很遠。

十年，好久好久。

這十年中，覺得體會最深的，

就是，自己常常不是一個人。

也許遇到很多覺得很難很難處理的難關，

最後總是有夥伴們～

陪著我一起走過那些低潮～與克服艱辛，

十年。

紀念與感謝一下那些曾在生命旅程中，給過了我溫暖～

給過我體悟～跟教會了我許多許多道理的人們～

因為你們，我才能走到這麼遠～

圓緣與初心

2014 年 5 月 27 日

圓緣

應該是整整兩年的過程，

卻因為一年多前回從紐約回到加州，

過程不是這麼的完整。

曾經在想，

人的一生當中

一直是一條一條岔路的選擇。

而人生，是種種的選擇所累積下來的過程。

每個選擇，都是無法回頭的單向選擇。

有時在想，當某個選擇時，假如我作了另一個決定，會是如何如何？

一如十年多前～拎著兩個行李～就到了陌生的北加。
一如八年多前～幾封 mail，就到了南加。
一如四年前～幾封 email，就決定拿著所有行囊去了韓國。
一如兩年多前～幾個朋友談一談～籌了錢～就去了香港。
一如一年多前幾通電話，就又離開了紐約～
總是一個又一個的選擇，帶著我們到了一個又一個的目的地
～

人生的可悲，在於它不能重來。

不管走的順不順，開心不開心，過去的哪一段，曾經是多麼的遺憾，
或是多麼的想念，它，就是無法重來。

人生的可喜，也在於它無法重來。

每個時間，每個過程，都是一生一次的。

那段回憶儘管很痛苦，過了就過了，不需要重來。

昨天圓緣了，圓了一個兩年的緣。

又或者是更長的緣，圓緣的意義，一直不是太理解。

也許它代表著，心胸需要具有足夠的豁達，才更能有足夠的

能力去面對更進一步的挑戰。

總無法期待一生一直平順與風平浪靜，能在逆境中，堅定

自己的信念跟步伐，是一個很難的課題。

在繞來繞去，摸索前進的最後時刻裡，

我最後拿到的短語是：

Without opening up the heart，it would be difficult to curb
our ill habits；

Without keeping dharma in the mind，it would be difficult
to change our concept.

我不知道，昨天的圓緣在我未來的人生當中，代表的意義是

如何？

也許它會很重要。

也許它會只是一段過往雲煙。

總覺得體會到了許多人生的起起伏伏。

飄零過不少城市。

世界的一切好與壞，都漸漸的淡了，不覺得好或成功或成就，就變得多麼的欣喜。

也不覺得壞與失落，就有多麼的糟。

似乎，那些都只是人生的過程。

看到人汲汲營營，

追尋著成就。

又或者處心積慮的防著他人，又或者努力的踩著他人往上爬，

又或者看著許多紛爭，

為了利益欺騙，

爭鬥。

似乎沒有再像以前一樣，會在心中泛起多麼大的不平與不滿。

其實覺得，
許許多多的許許多多，
不見得是看不清楚，
與不懂得如何防備，
或不懂得如何避免跟爭鬥。
只是覺得，

當自己也變得需要為了成就與利益，而變成了汲汲營營與
將自己武裝起來的人，似乎我就不是我了？

不是看不清。
不是理不懂。
只是覺得將格局與視野拉低了只為了爭這些東西，
似乎不是太值得。
所以，糊塗一點就好。
這些東西，還不值得我清醒的去專注。

初心

在最後的過程中，

我們玩了一個遊戲。

大家在紙條上寫下了 4 個重要的事與物。

我們被要求逐一的選擇，將東西放棄，或者給人。

過程中，檢視自己內心對當失去了所有時，

是否真的理解：

需要

與

想要

人想要的東西，總是很多。

而為了想要的東西，

會無形中的讓自己心中的惡魔與慾望，變得越來越大。

漸漸的迷失了自己，而真正需要的，

其實很少。

當迷失了自己的人，不會太快樂，

因為他總有一直想要追尋，卻永遠得不到的東西。

真正的快樂，是衡量著自己的能力，

與真正的需要，覺得擁有了

需要的一切，也就知足了，也就快樂了。

當天，似乎大部分的人，寫下的東西，

無論是信賴，不離不棄的好友，還是健康的身體，

還是一段刻苦銘心的愛情，

都是無法用金錢買到的。

這代表的，其實金錢，似乎無法跟真正重要的事與物相比，

但為何大家卻又常常執著的在追尋著，賺更多的錢？

我寫下的四樣東西是：

1.family

2.創造力跟學習力（即使我沒有了一切，有了它們，我也可以
東山再起）

3.那些相信著我的朋友們

4.My company

遊戲的第一步，我被要求把我第四個選項放棄了，

並被要求把我第三個選項給了人，換取他第三個選項。

Frank 把他第三個選項給了我，叫作毅力，而我把我第三個交給了他，請他好好照顧我的夥伴。

遊戲的最後，我問了 Frank，他的第一選項是什麼？他說：

初心

他說，他總覺得，人有了一些成就之後，
會因為成功所帶來的光環，
而失去了自己原本追求成功時的那份初心。
他又說，人成功之後，會面臨很多誘惑，當失去了初心，就很容易被誘惑帶離了自己原本的方向。
Google 之所以成功，
是因為 Google 的初心在於帶給人便利，
所以不急著營利。

所以他的進版畫面簡單，沒有形形色色急著營利的擾人廣告。

因為初心的珍貴，所以堅持初心才更能在競爭激烈的環境中特別的吸引人心。

好一個 Frank，這是我今年最最應該牢記的話了。

「不管走得多遠，初心莫忘。」

「不管飛得多高，請記得當時開始走時，那踏出第一步時，最初的理想與夢想。」

我會爲你禱告

我會為你禱告

這句話，

在幾年以前，曾經 either 自己說起，

或者常聽別人說起。

依稀記得，幾年前，我突然有很長的時間～

不再說這句話了。

那一年，最後一次說起，

是在好友進加護病房的時候。

我用著我能想得到的所有真心，努力的跟他說著這句話。

然後，跟他說

這世界～

是有著奇蹟，有著萬能的神，

會照顧著你，

為你主持公義。

你這麼善良，對所有人都這麼好，神不會讓你這樣就白白
的離去。

只是很可惜的，故事的結局，是這個朋友在醫院裡結束了他
20 多歲的人生。

後來又有一天，我發現，曾經我很信賴的基督徒，在利益的
面前
跟非基督徒
似乎沒有什麼的不同，可以赤裸裸的，為了自己的利益，
去作不見得是太公義的事情～

人可以在不夠了解全況時，
恣意的評論著自認為的是非與對錯

於是，我開始為著我的受洗，
我曾對外自稱的基督徒感到灰心。

我也看著在歷史上，
曾有著自稱是基督徒，卻帶著軍隊～將馬雅文明與印加文明
消滅的西班牙人。
有自稱是神聖教會的人們，在中世紀燒死他們認為的異教徒
～女巫。

也有自稱是神聖教會的人們，
在社會中，販賣著所謂的贖罪券。

於是，
我的心裡對於所謂的純潔與神聖，抱持著懷疑。
人，
是很複雜～很多樣～也可以很單純的動物。

人可以對著同胞付出關愛～也可以對同胞施以加害。

隨著體驗越來越多各種不同的人之後
漸漸發現～

其實我們都是人，
有著各種不同的缺陷～
各種的不完美。

我們都會看著別人的不完美，而或有厭惡，
生氣，
不滿的時候。

但也會有自己不小心的不完美，期待他人原諒，理解，體
諒，跟包容的時候。
於是的～當我們看著自認為的不公義不完美，
是否曾虛心的檢討著，自己也能作得完美與更好？
當我們看著他人，批判著他人時，是否心中也能讓自己，面
對同樣的檢視～
我確實不知道，這世界，是否有著萬能的神，
跟為什麼有時候，一些多麼不能理解的事情發生時，
祂是在哪裡？

只是，

我又開始會在心裡偶爾的，默默的說著這句話：

我會為你禱告

因為我真心期望。

事情能變得更好。

因為，我真心的期望，

我盡力的作了我能作的，但，希望或多或少，都能有隱隱的

那份力量，

能作出我所無法作出的，並讓一切事情變得更好。

我會為你禱告

因為～我不知道，我能如何讓事情變得更好。

也許我以為我能作得，讓事情變得更好的。

不見得就真的能讓事情變得更好。

所以我將一切交付給所謂的神，

讓祂做出，比我更有智慧的一個結局。

也許，我無法期待，真心的為你禱告，
是否一切就能變得更好？

但我為你禱告，
代表的是，

一份真心的祝福。

08年的札記

2015 年 5 月 2 日

今天交出去了一個大 project，

幾天來緊繃著的神經，終於可以放鬆一下。

過去一個月很忙，

接連的幾個 due，

終於都結束了。

躺在床上手機翻著翻著，看到了以前寫的網誌：

網誌是很特別的東西，可以讓你看到過往的自己，以前的

煩惱，以前的心境，跟以前的青澀。

然後想想這些年來的成長，恩～08 年～03 年對自己的期許是

想去看遍世界，交各地來的朋友。

這些年在不同城市，不同國家闖蕩～

體驗各種文化，算是真的達成了。

現在的身體也比以前好多了，

每週都可以小打一次球～

算是幸福安穩，可以知足了！

幾年後，再來回顧現在對未來的期許吧～

希望自己未來能踏踏實實的，做好每件自己分內的事情，

真誠的對待每個身邊的緣分與好友。

真誠的回報，所有給自己的機會，與在不同時間對我們關懷與伸出援手的好友們～

並慢慢成為一個能獨當一面～

擁有堅強心志面對各種挑戰的一個大將。

貢獻自己的專長讓這世界變得更好，

然後～讓所有家人也能過得更好。

2008 年 12 月 08 日

以為，從 03 年 4 月工院杯的冠軍賽之後，就不會再打任何一場排球賽了。

最近還是因為想找點事情，轉移悶積在心理的巨大壓力，禁不起煩燥的心，而去參加了排球賽。

大學同學看到了，請別太驚訝～

我確實又開始能打球了。

只是不再像以前可以那麼激烈了。

隨著時間的前進，人總會因為些事件，失去了對些事物的熱情。

也許小時候，大家對世界都有一定程度的嚮往～

認為世界是單純而美好的。

等到被人欺騙了，開始失去對所有人的信任～

追求的真理也是一樣～

總會認為，那樣的道理，是所謂的真理。

但等到發現反例時，才開始猶豫～

怎樣的道理，才是合乎現實的？

現實，跟理想，總是有那段巨大的差距～

無奈，但它存在。

小時候，喜歡畫圖，喜歡彈琴，喜歡唱歌，喜歡打球，喜歡跟朋友去不同地方探險。

也喜歡，各種不同的科學實驗，喜歡無數不同的新奇事跟物～

後來，有人跟我說，畫圖沒什麼前途～

抗爭過後～我失去了那個熱情～

高中去合唱團後，成績變差了一點，為了現實，我又妥協了
～

打球，斷斷續續的～

投入過不同程度的熱情～

國小年少氣盛，總想在各種球賽中拿獎～

國中，喜歡沉醉在打球時，旁邊圍繞的加油聲～

高中時翹專研課去打球，每次比賽時老師讓全班，到場上去
加油。大學一週去練兩次球，跟拿了數次的獎～還有以前當
女排教練的一小段記憶。

當然，還有工院杯，結束時，在醫院躺著，天天看白色天花
板不甘心的日子。

在打排球賽時，片片斷斷的，有不同的回憶浮現。

有大一時，豪放的穿著拖鞋去比賽，一路打到冠軍～

在大學路前跟隊友一起吃飯吃冰。

大二時，帶東祐他們練球～

大四，學妹們羞澀的開始組織女排

和慢慢的茁壯。

當然還有數個寒暑假，卻還是到學校練球的時光～

聽著人在喊加油，看著不同人在練習～

曾幾何時，那也曾是我所沉醉的感覺～

有人說，鐘鼎山林，各有志～

但在漂泊數年的時光中～
我卻開始不知道，以往的自己，
已經不知道遺失到哪裡去？

好像，對什麼，都失去了熱忱～
研究，原來，就是那個樣子～
世界，原來，也就這個樣子～
人，原來，也就這個樣子。
以往認為，努力，就擁有氣吞天下的豪情壯志，都隨著歲月
消磨光了呢～

03 年 4 月我的札記裡～寫著：

　　當哪天，我的雙手雙腳，能正常活動時，我想去看遍
　　世界，交各地來的朋友。

但在數年過後的我，現在卻因了解，而對不同的事物，多了
不同程度的疑慮～

看笑傲江湖時，我很不能理解，為什麼有人會有想退出江湖，隱居深山的感覺～

但當飲盡風霜之後，才知道，追求簡單就是幸福的道理～

你們說我們傻

2015 年 3 月 19 日

最近慈濟在台灣似乎是一個很敏感的名詞。

有許多熱心的朋友告訴我說，

你們很傻，被一個尼姑欺騙。

有人舉著法輪功為例子，諄諄教誨的告訴我，我有多傻。

覺得很想說的是，

世界上有人的地方，就沒有所謂的完美。

在慈濟作事，也很清楚它並不是很完美。

其實我是基督徒，去慈濟幫忙，

大概也沒有太多基督徒認可我的做法，

但我還是偶爾有空，就會過去幫幫忙。

不是為了什麼得道升天，

上天堂，不下地獄，

只單純想找尋人跟人互信互助。

發自內心去幫助他人的那份簡單的心，

也只單純覺得，曾在生命過程最低潮～

對人性充滿失望的時候，這個團體曾讓我有溫暖的感覺，

並讓我看到人跟人，還是有互助互信的那點希望。

因人成功喜樂而歡喜，因人受苦受難而擔憂

在海外這麼多年，

覺得台灣一直可以對人稱道的，

就是單純跟熱心助人的那份人情味。

每次我在海外遇到困難的時候，

都是家鄉來的長輩們，朋友們，及時的伸出援手，

才能跌跌撞撞的，還在海外立足。

一直覺得慈濟的本質象徵著台灣的那份善心，

來自小小的台灣的慈濟，能壯大到今天，不是正代表著台灣的人，本身願意為他人無私付出，願意對著遠遠在海角天涯，我們根本不認識的人所受的傷痛而跟著哀傷嗎？

我曾經有朋友得到了血癌，我們很努力的到處去幫忙收集比對的資料庫。

然後卻發現，一個小小的台灣，

一個非政府組織的團體，竟然擁有世界前三大的骨髓資料庫。

這點又讓我很驚訝～這陣子會有台灣的媒體，批評慈濟骨髓配對收費過高。

恩，就我知道的～慈濟的收費應該不到歐美收費的 1/3，大家應該不會覺得骨髓收來之後不需要任何的維護花費，保存花費吧？

我們曾有慈濟人組團去海地，

自己拿著自己的錢～

去那看著許多人過著水深火熱的生活。

回來之後，不會再覺得自己的生活有什麼不好，會相對知足，感激自己所擁有的一切。

以出世的心，作入世的事

如果真的有許多人在批評慈濟的證嚴法師，請您，真的花一點點時間，去了解了解一下他吧？

他一天只睡四個小時，在擔著根本跟他無關的人的責任。

身形瘦弱到，都覺得風一吹，就有可能倒下去的地步。

就我知道的台灣許多宗教領袖，都接受許多人的供養，但這位法師即使在慈濟人的影響力已經遍布全球的今天，

仍然不受任何信徒的供養。

自己的三餐都靠著自己賺，

堅持一日不作一日不食，

也住在很簡陋的精舍。

覺得也許很多人可以批評其他做不好的慈濟人，

但對於這位儘管遇到很多委屈都不為自己辯解，跟帶著傲骨與堅持，過著 50 年來如一日簡樸生活的人，我似乎找不到太多瑕疵可以批評。

關於一些媒體有點接近文革式的誇大批判，我真的不知道該如何說。

你可以簡單的說，美國慈濟總會投資股票，以讓自己有更多的資金去做更多的事。

也可以批判，合理懷疑，

人性本貪，這麼多資金沒有更透明、更健全的管理。有可能有慈濟主掌資金的人做了不好的事，但卻不能說慈濟投資軍火商，

跟是黑金資金吧？

大部分的美國人，不會覺得投資波音跟 walmart，就是投資軍火商跟投資血汗工廠，陳述的本質加入過多誇大跟抹黑，似乎不是我所了解跟熟悉的家鄉人會做的事。

人說，人世間本就混亂，

當帶著出世無爭的心。

想作入世的改變～

本就不是一件容易或者本來就是本質上相衝突的事情。

出世的本質是無爭，入世的本質是想改變，而當你想要踏入混濁的人間去改變，讓一切更好的時候，本就是一個矛盾。

但我覺得，幾十年來，不論 921，88 水災，大陸四川地震，慈濟人到處無私的去救災的身影充斥在世界各國。

大家應該對，慈濟人每次有災難就很早到達，甚至比許多國家政府組織的動員力還強大的新聞，不是太陌生才對？

請問，這些動員，不需要花資金，花人力嗎？

大家又覺得，
這些人，是貪圖著什麼？
如果你們真的批判慈濟人做得不好，
真的有機會可以去參加一兩次國際賑災。
讓你凌晨幾點就得起來，去災區幫忙災民，忍受幾天無法好好洗一次澡，睡一個好覺～

所有花費得自己掏自己的口袋

得從本身已經忙得不可開交的生活中抽空，自己花錢去受苦，幫助災區的人，
會做這種傻事的人，本質上都不會是太壞太貪的人。
過多的批判跟給他們冠上一個 title，
似乎是抹煞了許多台灣社會根深蒂固互助互信的本質。

在慈濟許多年，我應該算是拿到穿西裝的資格，但很慚愧的
～

我真的沒有捐到外面所說的百萬等級，好幾次想捐，但隔沒
多久自己的股票就慘跌。

我想，慈濟的制度裡，

確實有個叫做榮董的頭銜，是捐贈百萬之後可以拿到的，

穿的也跟我一樣是西裝，

但確實有跟我一樣，是做了許多志工時數，慢慢累積而穿上
旗袍跟西裝的～

最後，時間有限，很難把我這幾年來在慈濟的各種體悟一一
寫出。

就跟所有人一樣，慈濟確實不完美，

這些年，有人吵架～

有人意見不合，

有人離開，

有人進來。

甚至我自己，有時也會因為它的不完美而失望、沮喪，

但我覺得，裡面雖然有著許多不完美，

但有很多想靠著自己一點一點的力量，

讓世界更好的人。

他們寧可犧牲自己少有的時間，去幫助許多更需要幫助的人，去讓世界更多人感受到溫暖。

這樣的精神是可敬的。

也許你們笑我們傻。

但我單純就覺得，如果世界人人都自私自利～

喜好批評而不改變，或像現在過度誇張的批判，

是否本來在我們心中深處那份相信他人的心，

就越來越遠去？

也許你們笑我們傻，

但我真的就覺得，在商場中，職場中，

大家為了一些小利爭來爭去，

心中常會積壓許多不舒服。

而當我去窮社區去教那些墨西哥小孩時，

雖然語言無法完全百分之百相通，

但那些小孩的微笑，

跟你真心可以感受到他們對你的感激時，

那是一種可以消除你心中煩惱的能量。

我知道台灣這些年～

跟我小時候知道的台灣變得不太一樣了。

我們相信的企業，會賣黑心油給我們吃。

我們的媒體，現在充滿批判與對立。

我們的經濟成長，也不再像以前一樣蒸蒸日上。

但不論你認同慈濟與否，都不希望大家變得類似文革式的過度批判。

請維持我們固有熱心助人正信正念的心吧！

那是我們最不應該拋棄的本質。

政治與江湖

2015 年 7 月 8 日

小時候，很嚮往陶淵明。

不為五斗米折腰，隱居山林的優雅清閒。

也很嚮往令狐大俠，

身懷絕世武功～行俠仗義，提酒醉臥山崗，

淡出江湖的豪氣。

楊過大俠飛石打蒙哥，拯救襄陽城，丐幫大會上把霍都的計謀揭穿後，揮揮衣袖，不為名利的回終南山隱居。

只是，政治與江湖，似乎是每個人都得或多或少學習的東西。

有人的地方，就有江湖。

世界似乎總充斥著人們為了利益而互相廝殺的情景。

真心、用心跟努力的付出，也不見得就能有著該有的認可。

只是，

我總還是相信著，

最珍貴的東西，都是最真誠的付出，才能換來的。

想獲得真正真心情義相挺的朋友，一定是用最真心的付出，

對方才會願意拿真心回報你。

想獲得真正跟你生死與共，共患難的戰友，一定是你也對他

不離不棄在槍林彈雨中一起躲避子彈才能遇到。

想要有絕世武功，

就得踏實的扎著馬步，

扎扎實實的修練內功。

所以，

如果我們嚮往跟追求著那些珍貴的情誼，

就需要帶著我們的真誠。

所以～

我也應該對著世界的不完美，許多刻苦踏實的努力卻不見得
有回報而感到釋懷。

路遙知馬力～日久見人心～對吧？

12 年

2015 年 8 月 19 日

來美國 12 年了。

或者說，離開家鄉已經 12 年了。

12 年前，拿著兩個行李，還剛從醫院出來～

帶著頸架。

還有不想輕易放棄夢想的心情。

我自己一人孤身到了美國，當時在北加～

沒有任何認識的人。

我就推著兩個行李，

從 SF 機場邊問路邊搭著 BART 跟公車～

到了學校。

附近租了暫時住的旅館，

開始了這漫長的留學生活。

12 年前～
爸爸媽媽頭上沒有太多白髮。

12 年過去，
當年健在的幾個伯伯叔叔阿姨，
還有從小把我帶大的奶奶多已不在人世。

12 年過去，
爸爸媽媽都已白髮蒼蒼。
熟悉的家鄉～
也漸漸陌生。

出國時～
總想有一天，
總會有那一天可以自豪的跟家人說，我靠著自己的雙手，自己的努力，
沒有長輩的庇蔭，自己打出了屬於我們的一片天。
豪情壯志的，一次一次挑燈夜戰，念著各種書，

寫著幾千幾萬行的 code，

畫過密密麻麻的 layout。

我總想著，奮力的揮灑汗水，

讓自己發光，就不算白過此生。

我總想著，開闊自己的視野，多認識來自各地形形色色的人

～

去體會著各種人生的酸甜苦辣～

不論是失意時的孤單寂寥，還是得意時的意氣風發～

數年過去，回首以前剛來的自己～

覺得有點過於傻氣，

跟單純。

世界不是這麼美好的～

有著美麗的風景，也有著殘酷的風雨。

有著競爭的殘酷，有著人前人後的虛假～

有著複雜的人際關係～

但，也有我心中一直不願改變的初心，

跟到哪都有患難與共的朋友們。

12 年過去，
我已漸漸不再青澀～
不再傻氣～
但，盡力、努力的去過每一天～
每一個時刻的豪情還是絲毫不變。

竹杖芒鞋輕勝馬，誰怕？
一簑煙雨任平生
首向來蕭瑟處，歸去，也無風雨也無晴

恩典

2015 年 11 月 4 日

最近很忙，

不是太有時間寫雜記。

會把這篇命為恩典，

是因為過去的幾個月內，有幾個令人尊敬的長輩們～無獨有

偶的跟我說一樣的話：

神的恩典夠你用

所以～這陣子複雜的心情，

就用這兩個字，當作總結吧！

最近一個一起合作幾個月的同事，離開去北加了～
以前每天都會去他辦公室一起工作，最後的那幾天，那幾個月，
還是聽了許多他的心情。

覺得，人生很無法預測，也很複雜。
也似乎沒有一定的真理去詮釋這個世界。
沒有一定的公平，也沒有一定的公義。

3 年前，離開家鄉，再度回到美國時，
所帶的疑問，似乎還是沒有找到可以說服自己的答案。

有人的地方，就有江湖，就有政治。

無論你待人多真誠，無論你怎樣的想迴避，
或想追尋簡單，不論你在哪，
在哪個團體，哪個國家，
哪個領域，江湖與政治，不完美與不完全公平是永遠無法避
開的～

學著調適心情，與接受不完美，或許才是我們隨著歲月成長一定得學習的課題。

YK 與 Yoshua

過去幾個月，很碰巧的跟這兩個都在 Bell labs 待過的前輩深談了一會。

無獨有偶的，他們都在不同的時間點，跟我說了一樣的話：

神的恩典夠你用

嚴格說來，我其實不算是多虔誠的基督徒。

受洗過，卻很少去教會～

甚至常常去不同宗教的慈善團體幫忙不同的志工活動。一般的朋友傳教似的跟我說，不同的《聖經》或佛經，或不同宗教的話語～

總很難打動我內心深處～

這兩位前輩說的，卻深深的觸動到我的心裡深處～

YK 跟我們說著他剛到美國，跟剛到 bell labs 的故事，當時的 bell labs，是世界最頂尖的研究中心～

有著世界各地最聰明的人，他一直覺得自己不是當時在 bell labs 裡最頂尖的人～

但他一直很踏實，用心的作好自己手中的任務。

也確實，過去這幾年來，他一直遇到各種挫折與挑戰。身邊很頂尖的朋友夥伴一一離去。公司狀況也從當時的鼎盛時期到現在，歷經一波一波的裁員，他當時把一切交給神。

又或者說～

交給他相信的信念～

交給他的信仰～

公司一次一次的被其它公司併購，最後他仍在他的崗位上，並變成了國際知名的學者。哥大，台大，交大的榮譽教授，與美國國家工程院士。

另一個一樣一直堅持著自己的信念的學者，是 Yoshua。

這次，我是在加拿大的 ICIP 遇到他的。

幾年前，當我還是學生時，第一次遇到他時，

他還是個默默無名的教授。

當時他們提的 deep learning 還不是現在 AI 的主流～並沒有多少公司跟學校願意接受他們推出的 deep learning，

跟這次他受邀在 ICIP 上演講，花了 20 分鐘侃侃而談的說著

「我在 2006、2007 年時就一直說著 deep learning 是重要的演算法」

完全不同了。

多年前，我第一次見到他時，

他更木訥，也更沒有目前在台上的神采飛揚。

多年的不被大眾認可，一直到 2012 年，deep learning 才在學術與工業界上，受到了廣泛的注意。多年後重見，當他再次提及當年到處申請研究經費卻處處碰壁的過往時，他跟我說著：

神的恩典夠你用

神的恩典，是什麼呢？我相信，它代表的，是堅信自己的信念。

穩穩的踏出去一步一步的腳步，

與負責扎實的把手中的事作好。

也許世界沒有這麼完美，也確實周遭會看到各種不見得公平的風景。踏實的往自己遠方的標竿前進著，總會有到目標的那天。

也許有一天，我也能跟著其它在迷惘中探索著人生的人，帥氣的說著：

堅持自己的理想，踏實的往前走
不用管周遭的風風雨雨

你會有你要的恩典

朋友

2016 年 2 月 18 日

一個人旅行或爬山，可以走得很快。

但如果想要走得遠，爬得高，

就需要一群人一起互相合作

出國 13 年了。

2003 年帶著兩個行李就到北加飄泊。

這 13 年來，

沒有在各地方不同的好友們的提攜，

無法在這異鄉中奮鬥得這麼久。

這些年來，

有苦，有樂，有失落，也有風光。
無論順或不順，體驗最深的道理，

那就是真心的朋友，是我們這一生中最重要的資產。

你可以一時的占他人的便宜，但就無法得到他人真心的相
待。你可以一時的利用他人，但就無法有跟你一起患難與共
的朋友。

所以，政治，工作，business 都是一時的，朋友才是一世
的。
人忘記什麼都不要忘記最初的追求

2016 年 4 月 7 日
勿忘初心
如果我們出來闖的意義，是追尋我們的夢想，
那支持我們一直往前走的，就是那份初心。

紀念一下我再次離開了一直以為安穩的大公司，人生的路途
中，好好念書，考上好的學校，申請上好的學校，到了大家

羨慕的大公司，做大家羨慕的項目，是一條大家都認為的既定道路。

這既定道路，是社會規範中，從小給我們的刻板印象，
但並非是我們內心最深處，真正渴望自己想走的路。
內心深處，大家都有夢想，夢想展現自己的能量。
夢想因為自己的努力，世界有些不同。紀念一下我再次離開了大公司，慶幸我找到我自己的夥伴，可以傷心時一起喝酒。

煩悶時，一起去外面旅行。困難時，大家一起努力奮鬥的夥伴。
一群人為大家的夢想一起努力，這就是我們的初心。

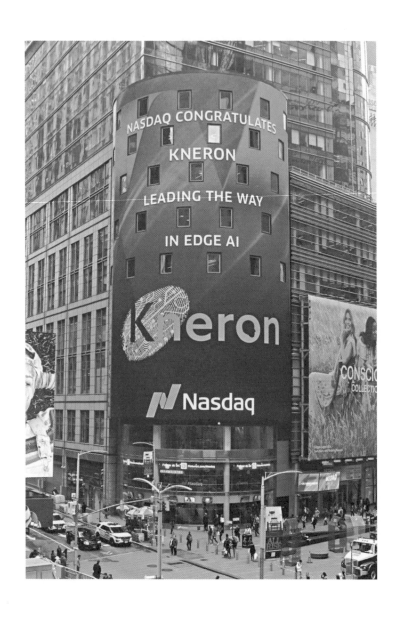

Fiat Lux – let there be light　創業青年的人生雜記

Kneron 初試啼聲

2016 年 7 月 1 日

公司正式，推出產品！

也正式出 stealth mode 了。

這陣子也見了許多大人物，

並在一些場合演講。

感觸有很多，其實不管見的人 title 如何，總是帶著一樣的真誠與真心去見著這些各式各樣的人，看著這些形形色色的人，不由得心情有時會跟著被帶上帶下。

人真的是很多元也很多樣的。

未來兩三週很忙，幾乎把小時候聽過的幾個大企業的高層都
去見了一輪。

從世界最大的晶圓代工廠的 CEO，大陸最大的晶片設計公司
的 CEO，和數家系統廠，數家製造廠和軟體大廠的高層們。

甚至還有美國的智能電動車大廠的 CIO，和世界最大智能手
機公司的高層邀約。

在從美國飛回亞洲的飛機上，我一次一次的在心中默想著，
面對著這些人需要講什麼？

準備什麼？

幾個在台上的演講，該說什麼？

後來覺得，我們的最珍貴價值，

就是我們的真心，和投入的努力。

所以～

我就坦然的做我自己就是了。

我總是，因為我們背後團隊們的努力付出，

才能讓我在台上自信的展示我們的技術硬實力。

所以～

光這段為追尋夢想和大家一起奮鬥的旅程，

就是最最珍貴和無悔的經驗。

我總是這麼的渺小，也不完美～

一大堆缺點，是因為夥伴們的一起互相扶持～

一起努力，

我們才能走得這麼遠，在台上這麼的無所畏懼。

Kneron 加油，希望我們這群傻氣的人們投入這麼多真心，和

汗水，和努力的公司能一步一步茁壯，

完成我們的夢想。

能為世界做出一點點貢獻和改變。

創業那些事

2016 年 7 月 14 日

我的天性，不是一個太適合在商業上跟人打交道的人。

我喜歡交朋友，容易相信人，容易對人付出真心。

喜歡悠閒～

到處去看看這個世界。

喜歡專研自己喜歡的東西、事情。

中學時最嚮往的生活是採菊東籬下的陶淵明。

最喜歡的科學家是不追求名利的愛因斯坦。

商場上，多的是爾虞我詐，多的是對你面帶微笑，後面有其他盤算。

商場上，

不能說得太多，許多人會拿你的話做文章。

商場上～

你得帶著不同場合的遊戲規則，帶著笑臉去見著各種不同的人。

但，當時是怎樣的傻氣，

讓我拋開了舒適圈，過著每天一起來就一直忙忙忙～忙到半夜也常常驚醒的起來收訊息，收信件和看著每個項目的進度呢？

說著，漫步著邊際的夢想，

那還真的是因為那所謂的傻氣的夢想。

我不想生活中過著一成不變被大公司困著的生活，拿著也許大家稱羨的薪水。

我們想在有生之年中，能真正地揮霍我們剩下沒多久的青春，看能否幫世界有著那麼一點點的改變，又或者，能用我們的真心去感染影響著更多的人。

於是，我離開大公司，回復了前前後後有的 Google、facebook、intel 那些大家夢想去工作的 HR 的邀請，然後過著東奔西跑的日子。

忙到家人生病了，才不得已放下所有事情去看看他們的日子。

還有去跑業務～

拉資金，得見識著各種不同的人。

有的高高在上，自認自己是大公司，或自己是金主，

不會太尊重你，你得按他意思做的各樣人。

有委屈嗎？

常常有。

說得出的，說不出的，

總是會遇到。

有自豪的時候嗎？

當然有，在鎂光燈中，在舞台上，可以宣揚自己的理念。

有遇到有人用真心回饋你嗎？

當然有，也因為發現世界上還是有很多很好很真誠的人，
因此而感受到正能量，慶幸著世界還是很有希望。
最後，我們是為著我們的夢想在忙碌著，我們是為了我們的
夢想走出我們的舒適圈。

我們也許常常累得灰頭土臉，公司也還沒沒無名，不見得有
什麼光環。
但我心中是帶著無比堅強的勇氣，在看著各種形形色色的人
們。
不畏懼，不退縮，我們的光芒，是我們自己創造的。

創業青年的人生雜記

我是創始人

2016 年 10 月 24 日

從開始參與騰訊跟浙江衛視拍攝的這個節目，已經過去一個多月，說說參加這個節目的感覺吧！

這個節目，是一個虛擬的小型創業比賽，對手是江湖上已經成名的幾個大人物。格力的董明珠，搜狗的王小川，而我們是一群剛剛創業有點小成的幾家公司。有公司今年剛破 3000 名員工的微盟，也有估值剛過 3 億美元的美啦，Kneron 在裡面，算是一個比較新興的小公司。

這個節目的過程，是讓我們幾個創始人組一個小隊，並在每次節目一開始，給我們一些資源，一個任務，我們曾去幫搜

狗的市場部，拍 3 個小時的市場策劃（我們找來了林志穎幫忙），然後一起比誰在固定的時間內獲得最多的點擊率。

雖是一個很小型的節目，但它真是一個創業的縮影。如何在很短的時間內，整合團隊，

整合團隊擁有的資源。

在有限的時間內跟對方比賽，

過程中的猜測，策略的布局，跟真實的創業會遇到的問題很相像。

再說說創業跟這個比賽的雷同之處吧！這個比賽，每個人在自己的公司，都是老大，都是創始人。都是大家聽你意見～作出決定的人。

需要在節目中迅速找到每個人的特長，讓大家整合成新的團隊，讓大家以團隊意識為主。

忘記自己的框架，這本身的過程就不是一個簡單的事，加上對方是社會上有名的人。

就像創業時～我們得與已經存在的大型公司競爭，

得在短期內出奇致勝。直接面對面的碰撞比資源，比人脈，

贏面是不大的，

就跟創業一樣。

整合團隊不一樣的意見，讓團隊達到無我的境界。

找出整體團隊的出奇點，跟自己的優勢、對方的劣勢，

並在一定時間內，找到足夠資源。

雖然短短幾天，但感覺經歷了好幾個競爭激烈的寒暑。

最後，拍節目其實真的很辛苦。常常凌晨 4 點起來，一關在攝影棚內，就關到 11-12 點。

有幾天在北京遇到大霧霾。

連續發燒發了兩天，帶的衣服不夠，硬穿了兩天臭衣服。

還有出了個車禍，凌晨兩點都還沒找到地方住。

拍完了戲，仍要抓緊機會見合作夥伴跟投資者。

創業過的日子，真不是一般人能想像的辛苦。

希望這個節目，能讓大家更知道 kneron。

我們很缺人，希望能有更多優秀的人加入我們。

@@為了打公司知名度，創辦人都穿了兩天沒洗的內褲去拍節目了，咱真是用盡全力想好好打拚的公司。

PS.拍節目時，跟幾個大人物一起關在攝影棚內，聽了很多不同的故事。悲傷的、難過的、辛苦的，所有在螢光幕前，風

光的那些人們，背後都是經過層層的淬煉才有著他們光彩的那面。希望有天，Kneron 跟我們的團隊，也能像這些前輩們一樣，通過層層的考驗，讓我們更強大、更精彩，更不畏懼挑戰。

盲點

2016 年 11 月 23 日

總覺得，創業的路上，

去除盲點跟框架是很重要的。

定期地自省也是很重要的，常常忙來忙去，就不禁地掉到一

個情境或自以為是的環境裡。

如果只是一個人，傷害的是自己與家人。

但創始人，犯了這樣的錯，傷害的就是團隊與夥伴。

定期的靜下來，跳脫一切，去看清楚事情的本質，

你自以為沒什麼的，也許是很危險的未爆彈。

一些小事，累積起來，就會漸漸變大。

防微杜漸。

說話謹慎，清楚，訊息傳達需要明確，

並且信賴夥伴給你的訊息。

痛定思痛，寫在數個失眠的夜之後。

三年前寫給筆友的信

2016 年 11 月 27 日

為了探索自己，最近翻了一些以前比較有時間時寫的文章出來。

Hi，我剛到聖地亞哥的時候，是 2008 年，我人生當中最低潮的一年。常常睡到一半驚醒，擔心著自己擁有的一切，可能會在一朝化為烏有。因為太多低潮，所以我開始去教會，開始很頻繁的去做慈濟志工，

想找尋人生的真理與意義，跟一些寄託。這一年，我並沒有找到我心中期待的真理，也或許，真理並不存在於世界上。

什麼是對，什麼是錯，什麼是公平，

一樣在我的心理是這樣的模糊不清。

但我在這些年中，多了一些東西，他們叫做毅力跟勇氣。

這世界確實不這麼美好，

也到處充滿遺憾。

但我比以前更有勇氣去面對這些遺憾，也更願意努力的作好自己的事，跟自己堅信是對的事情。

我一直在自己與公司這兩個角色中，感覺到矛盾，身為自己，跟朋友相處時，需要的是真心與不計較各種小事，也需要不用想太多，單純的展現自己，就會有真心的朋友甘心的跟著你一起做夢。而公司則不同，沒有私心，公司就容易被合作夥伴吞併，沒有斤斤計較，公司就會被競爭對手超越，沒有手段跟衡量和你談判對手的內心，公司就容易被合作商家欺騙。

似乎那是一個又一個大家帶著面具的戰場，然後，在戰場上，不管內心多孤單無助，還是得批著層層盔甲，帶著笑容去面對。

剛到美國的時候，

台灣有一家很有名的企業，當時他的董事長李先生帶著她女兒到美國來找學校附近的房子，他們找上我一起去學校旁找住的地方跟採買東西。

李叔叔當時跟我說：

人的視野，見識，膽識，還有體諒他人的心將會是決定一個人成就的關鍵條件。

人都有盲點，會因為自己的成長環境，文化，認知，而侷限自己看事情的角度與體會，而這些盲點，常會因為自以為擁有的越多，而無形當中慢慢擴大，越能去除自己的盲點，跟越能體會各種不同種族，不同生長環境文化的人的想法，越能讓自己爬到更高的位置。

當時聽到覺得心中有隱隱的感動與期待，在經過許多年後，除了體會更深之外，又更覺得原來要跨越那些不同文化，不同背景的鴻溝，是這麼這麼的難，人連最了解你的父母，從小看著你長大的他們，有時都會跟你有意見不一樣，鬧點小脾氣吵吵架，更何況是了解度不是這麼高的外人？對人的成見，對某一族群的偏見，對某一階層的刻板印象，一件事情不同的看法與剖析角度不同，在在的成了人與人之間的那道鴻溝。恩，2008 年的時候我認識了一群人，這群人後來變成我很好很好的朋友，他們是慈濟的慈青，慈青是慈濟針對大學生籌組的社團，跟慈濟一樣，定期會去社區做志工，他們大部分是 ABC，ABC 都有種特質，很陽光，無憂無慮的，而當中有一個人，他的名子叫做 Robert，他跟其他人不大一樣，他做事很認真，也很愛跟人分享東西，他買東西，就同

時會買夥伴的份，跟著大家一起吃，後來我聽說他是單親家庭，3歲被爸爸拋棄，全家就靠媽媽幫人剪頭髮的微薄薪水在維持家計。

他每學期都要拿班上前幾名，得拿獎學金，才能讓媽媽的經濟壓力沒有這麼大。

也許因為看到自己以前小時候的身影，所以後來他變成我當時最好的朋友，是的，他就是之前跟你說的那個，我後來去醫院看他看了好多次，最後在我面前死去的那位最好的朋友，我們後來常常一起去做志工，去墨西哥社區教小孩，也常常一起講著彼此的夢想。

他都叫我大哥，他的媽媽跟奶奶，在他死後，很難過，他的舅舅叫做山姆，山姆在他過世的那天打電話跟我聊了三個小時，一直拜託我當他媽媽的乾兒子，他說這樣可以減輕他們家的傷痛，雖然我心裡覺得很彆扭，也很奇怪，但當時，一心軟，就答應了他，所以，我從那天開始，就多了一個乾媽，一個乾奶奶，跟一個乾舅舅。後來每次去不同國家，有回到聖地亞哥時，我就會帶一些小點心給他們。恩，會提到他是因為這樣的，兩年前的感恩節的時候，原本住在夏威夷的山姆舅舅，回到了他們家，其實只到聖帝亞哥待一個感恩節假期而已，但也不知道為什麼，似乎只是因為去跟某人吃

飯，然後那頓飯是乾媽還是乾舅舅該出錢的小小原因，就大吵特吵起來了。

後來我的感恩節，先接到乾媽打來跟我抱怨了一大堆事情。然後，再聽到乾奶奶打來抱怨說她夾在兩個小孩中間，不知道怎辦。最後，山姆舅舅打來說他被趕出來了，希望到我家借住。我當時人還在醫院，後來就叫陳媽回去把家門打開，其實，當 Robert 住院，跟後來往生辦喪禮時，真正會站在他們身邊的，都是那些最親最親的家人，真的在乎你的家人，是會在你在危難時，需要他們時，將手邊的東西都放下二話不講的，就去到你身邊的那些人，而連這麼親的家人，卻都還會因為一小筆微不足道的錢而大吵起來。

人，當心被情緒控制時，是這麼的看不清彼此的珍貴，很傻，也很可惜。後來，當我從醫院出來，回聖地亞哥時，山姆請我去他家，我聽著乾奶奶跟我道歉說，那晚大家都太情緒了，造成我麻煩，然後，開啟他們的倉庫說要送我禮物等等，我連忙的揮手說不用不用，但卻注意到他們的倉庫有很多很特別的東西，恩，比如紅木椅，雕工很特別，然後倉庫還有一些各式各樣的花瓶，風鈴等。我問起紅木椅的來歷，因為那個椅子一看就會覺得很特別，乾奶奶跟我說，他們以前是很優渥的家庭，早期用投資移民來美國（其實我不了解

他們家>_<也一直沒有多問他們來歷，當時就單純因為 Robert 的關係就跟他們很好，看他們日子過得很清苦，也沒多仔細問），那個紅木椅是當時運過來的，後來他們從事貿易（所以才又那麼多花瓶）卻經商失敗，後來才會變得現在這麼窮苦潦倒，聽著很多故事，看著很多不同人的人生，覺得，人生真的很無常，富貴，功名，利祿，似乎沒有一定會永遠的跟在你身旁。

人能把握的，真的都只有當下的時光而已，今天去公司，聽說一個請了兩個禮拜的員工因為肺癌過世了。

40 多歲的一個媽媽，家裡有兩個很年幼的小孩。

人生，很短，也很長，^__^

有時想到了人生很無常，世界很大，而我們都很渺小，就覺得，許多大家爭得你死我活的東西，真的這麼值得去爭嗎？過了數年後，現在這麼在意的事情，是否到時還會在意呢？人總為著執著而執著，而因為執著將自己陷入了狹小的空間裡，因為狹小的空間，就忽略了許多原本更應該珍惜珍視的東西。

小記：印度是現在世界上少數還保有種姓制度的國家，印度前陣子有個節日叫做光明節，是他們一年當中最重要的節日之一，印度還有 13 種方言，光明節時，去某種貴族階級的家，要把他們給你的麵吃光光，才算是禮貌（因為這對他們來講是告訴你，他們很愛你的麵），但同樣的事情，在對貧窮階級的人來說卻是一種侮辱（他們認為這代表你嫌他們準備的食物不夠多）。^___^

恩，小小的一件事情，曾經差點害我被一個朋友轟出他家。
人，在意的事情，真的很不同。

元——致～那段逝去的夢想

2016 年 12 月 12 日

元——致～那段逝去的夢想

在曾經的夢想追求的道路上，我一直是個逃脫者。

至少，在跟元相比之下。

在 2005 年到 2009 年之前，元應該是我最好的朋友了！

元是東北人，

豪爽個性，一樣喜歡金庸武俠和三國演義，

熱愛拿個背包～開著車就去旅行的特質。

大而化之的個性，

讓我們有很長的一段時間，幾乎無話不聊。

很多年過去，我幾乎兩三天就會打電話給他，

說著彼此的夢想，說著我們該如何的往著夢想前進～

我們的夢想，聽起來很單純～
很簡單，但也很難達到。

我們很想成為一個學者。

成為能在自己有生之年當中，用著自己的雙手，作一些有影響力的研究。而這些研究，能顯著的深深地影響著我們的領域。

認識元是一個很偶然的機會，那年我遭遇了一個大挫折。

帶著我滿車的行李，開了 700 多 miles 飄揚到他的那個城市。

尋找著一個落腳之處，我到了元在的那個實驗室。

我穿著普通，
一身上上下下，沒有一件顯眼的衣服。
不顯眼的穿著，似乎那樣的我，是再普通不過的人。
（我只想當個普通人～在普通的地方，靠著自己的努力，慢慢茁壯成長）～
當時這個實驗室的成員，

並沒有太多人打理我，只有元，看著我什麼都不會，慢慢的跟我解說：

該怎麼從無到有。

該怎麼做出研究。

跟元的合作時間很短，

沒多久後，我又飄零到另一個實驗室。

這個實驗室的成員很強，有大陸清華電子的四年第一。

有大陸高考狀元，有大陸兩個領域的奧賽選手，

保送清華電子～然後，第四名畢業的學生。

幾乎全實驗室～

清一色的都是清華電子前幾名，於是～接下來幾年～我有很長的一段時間，跟著大陸的清華電子圈們混，我幾乎認識了清華1，2，3字班，電子系出國的半數以上同學～

他們也在他們的 BBS 網站，幫我註冊了 ID，幾乎把我當成他們的一部分。

相比之下，元很普通，沒有這些大牛們過去的風光～也沒有他們做研究時那些反應靈敏～迅速就能完成的技巧與能力。

那個年代，大陸出國的學生，大部分生活是很純樸的，幾乎所有的大陸留學生，都是靠著獎學金過活～每天省吃儉用的在實驗室裡趕著一個一個報告。

2007 年，景氣很好～清華大牛幫許多放棄了博士學位的人追尋～拿了 Google 的 offer，賺了錢～

開始在灣區買房，買車～而元還是一樣繼續過著簡單勤苦的生活。

天天騎著腳踏車，到實驗室裡做研究。

似乎那些金錢～絢麗的生活～對他來說～都沒有他的夢想來得重要。

元在我們這群人當中，一開始算是論文被接收率最低的，清華電子第一的大牛，第一年，出了 4 篇 paper，清華電子幫，幾乎都有 2-3 篇的產出，我第一年也出了 3 篇，元則是 0，並沒有太多人嘲笑他。

但他一直顯得很沮喪～出了許多 paper 的我們，為了讓自己的 paper 能產出更迅速，與更迎合市場的走勢～我們開始在找尋現在最熱門的 topic，硬搭著這些熱門的 topic 展現一張一張華麗的實驗數據，讓我們的 paper 更加容易被 accepted。

熱門題目，才能讓我們的論文，能被看見。

有了一些 paper 的清華電子幫，開始在暑假去找 intern，賺了錢之後，就買了新車，開學後～則努力的多找 TA 的機會～

似乎，博士班的生活，對他們來說，就是一個能讓自己賺到更多錢，有機會到美國業界工作的一個跳板。

元則很特別，一樣天天去實驗室，暑假也留在實驗室，即使老師沒有給他太多薪水，開學了，也沒看他在兼差，似乎，在他的心理～實驗，研究，就是一切。

我曾問他，你不會想去實習嗎？他回答，他的夢想就是當學者～當教授。

他覺得人生最精華的時候，是在 20-30 歲之間，他沒有這些清華的人優秀～也沒有夠扎實的底子，他想做的，就是盡力把握這段時間～讓他的夢想真的能成真。

第二年，第三年，元開始發論文了，但他的論文數，還是比不上我們，當我們開始有了我們領域最佳論文獎的提名時，他還只能上一些中間的會，但，在每次跟他討論學術問題時，我漸漸發現：

在他的專精領域，他已經是我們這群人當中，領悟最多的一個了。

一樣的，我們為了讓論文更容易被接受，常常隨著市場的變動，改變著我們的 topic，或讓我們的研究～跟這些熱門 topic 有著一點點牽連，元則剛剛好顛倒，他一開始觸碰的領域，他就一直往那領域專研，為了加強他對那領域的理解，甚至去拿了另一個數學的碩士～

第四年，清華電子第一個那個朋友，以 23 篇論文的數量畢業了，其中有 5 篇最佳論文提名。

我的論文數是 18，兩個最佳論文提名，一個 IBM 競賽獎，但～我們全實驗室，都還沒有任何一個人，拿到我們這領域最難的會議之一的 ICCAD 最佳論文獎，元這時的論文很少，大該 8 篇。

這一年，對我們大家來說，是最痛苦的一年，因為美國突然面臨了經濟大蕭條以來最大的經濟危機，許多實驗室，突然 RA 的分額都少了一大半，清華電子的大牛們一個一個跟老師提出出去工作，邊工作邊完成剩下學業的 proposal。

老師看著不用付這些人錢，也能把剩下的 project 完成，所以一個一個都準了～於是這些大牛們，個個都去了各大公司，或者小學校當教授（因為景氣沒有很好～有的教職缺都不是太好）。

元則選擇在實驗室裡，拿著原本一半的薪水，繼續做研究（這時他已經拿了幾乎 2 年多的半薪）。

畢業後，當大家都尋著一份一份的高薪工作，元選擇去德州當一個 post-doc 研究員。

臨別前，我們一起吃了飯，他還是跟以前一樣，進了琳瑯滿目有各種好吃的 buffet 餐廳，卻永遠只吃烤雞翅加炒飯，元以前自己煮飯的時候，也可以天天吃青蔥加蛋炒飯。

在去當 post-doc 研究員前～元其實曾經嘗試了一個選擇，那就是到 Cornell 去，他收到了面試的通知。

搭著飛機，從加州飛到了 Ithaca，在 Ithaca 待了一整週，他天天去找不同的老師面談。

面談完後，我天天打電話給他，一起商討這些老師給他的問題，還有下一步該怎麼做～我也嘗試著寄信給這些不熟的老師們，告訴他們，這個人對研究的熱忱與單純，但很可憐的～他一次一次的被拒～

當最後收到確認沒有錄取的通知時，他打電話給我～電話的那頭聲音啞啞的，然後下著大雨。

他說著，這麼多年來，他都沒有放棄過他的夢想，即使他覺得自己沒有比別人聰明，沒有比別人有更好的根基，但他始終都沒有放棄過。

曾經，他以為自己離夢想是這麼的近～但最後卻慘敗而歸，他覺得很不甘心～

回到加州後～他就開始收著行囊準備去德州，有好長的一段時間，他跟我們失去了聯絡。

有許多朋友，覺得他很傻。

因為 post-doc 研究員的薪水很低。

去業界，可以賺很多倍的錢～而元雖然找不到教職，但找一個像樣薪水的工作，還是綽綽有餘～

時間過得很快，幾年過去了，有一天～元來信了，告訴我們～他拿到了 ICCAD 最佳論文獎～那個當年我們全實驗室，大

家努力不懈～卻一直沒有人能拿到的獎項，我們都很替他高興～

但，同時的，他告訴我們，他失業了。

失業？這是個天大的笑話，ICCAD 最佳論文獎的得主失業，這大概是我們領域前無古人的消息～

後來他告訴我們，因為他覺得，要繼續專精著他之前的研究，遇到了一些瓶頸，要繼續做下去～得去更深的生物學院研究，獲取更多的實驗數據與經驗～才能有跨時代的突破。

依照他現在的實驗室繼續做下去～最後只會變得很表面，無法做出任何有影響力的研究。
所以，他就辭職了。
然後，讓自己空白一段時間，去尋找他感興趣，有肯收他的實驗室。

我們都覺得不可思議，因為他這些年的 post-doc 研究員，大概已經讓他少賺了數十萬美金。

如果現在失業在家～他的就業價值，肯定會再被深深的影響到。

就像他只喜歡吃雞翅跟炒飯一樣，他說，他喜歡研究～這就是他想追尋的人生。

這是他的夢想。

所以他的眼裡，就一直只有這個夢想，在拳擊場上，儘管一直挨拳，挨拳，挨拳，一拳一拳的疼痛，只要一直忍耐著，等待著揮拳的時機，只需要能量夠了，揮出去的那拳～能夠時機夠準、力道夠，一拳就夠了，他熱切的說著：

「我的一生，真正像樣的研究論文，一篇就夠了──」
「再怎麼挨拳，我也要挺在場上。」
「我只有在場上戰死，決不會自己說放棄的。」

每次跟元說完話後總覺得，到了商場上，或者看多了這世界上開始人人崇尚虛榮，金錢的價值觀後，心理，會被這些污穢所占滿，很不舒服。

那一年，我開著滿滿是行李的車，在實驗室裡跟他一起推著公式。

訴說著年少夢想的身影～又會回到自己腦海裡，以前可以拎著幾個水壺，幾個背包～就一起出去探險的那段時光，又會回到眼前。

我終於知道～為什麼以前很喜歡三天兩頭就打給他。

單純跟簡單。
追尋真正自己想要的。

那是真正能給自己帶來幸福的東西。

他可以不管薪水多少，也不管別人怎麼看他，就堅定的去選擇自己的道路。

我不知道他是否有天能成功，完成能影響許多人的研究～
但他在我心裡，他是那麼那麼的堅強跟巨大。

有夢最美
人一生能用的金錢，就是這麼多
有努力追尋過自己的夢想，才能無憾

Dear

2016 年 12 月 12 日

Dear Robert：

如果有一天，我們賺了很多很多錢，就可以用這些錢，讓世界變得更好一些。可以組成一個基金會，像超人一樣，找一群人，當哪裡有需要幫忙，我們就可以去用這些資金跟這些人去幫忙。如果有人很窮，念不了書，我們就可以蓋些學校，讓那些被拋棄的小孩，有書可以念。

如果沒有很厲害的超人，
如果沒有萬能的神，
那我們就將很多渺小的人聚集在一起，
很多渺小～就能變得巨大，

渺小的我們，就能互相扶持。

像我們這種曾經有著缺憾的人，就更能體會那些缺憾的感受。
所以，去改變其他有這些缺憾的人吧！

後來又有一天，當我們在聖誕節前開心的吃完晚餐後，你被送入了醫院。儘管我怎麼祈禱，再怎麼頻繁的去看你，你最後還是離開了。只有留下你最後不能講話時，用手指慢慢寫下來的話。幾年過去了，我還是覺得自己很渺小，儘管比那時候多賺了很多很多錢。一樣的，常常會為著無法控制的無常感到無助。

我們還是無法變成超人呢～
就像當時我怎樣怎樣的祈禱，
怎樣怎樣的去醫院看你，
無法改變的就是無法改變，
人在生死面前，一直都是這樣的渺小。

有時會覺得，這世界，儘管再怎努力，渺小的我還是就是這樣的渺小，能改變的，終究不多呢！

它照舊著的運轉～照舊著的前進著，似乎有我跟沒我，一切都是那樣的一切。

Dear Astraea：

Astraea 是星辰女神，在古希臘神話中～

青銅時期，當諸神，都對人性的貪婪感到厭倦，紛紛離開人間時，最後一個，還相信著人性而留在人間的神。

～在希臘神話中

她代表著夜空中的星星，

維持正義跟帶領方向的神。

當妳有一天，到了我這年紀，可能會曾經遭遇過幾次挫折，有些挫敗甚至會讓你刻苦銘心，或者讓你暫時厭惡起人群～或者讓你對人性失去信心。

可能會曾經被相信的朋友背叛，也可能曾會因為視人不明，吃了幾次虧。更可能會遇到身邊曾經深愛的好友，家人，就不聲不響的過世了。

會體驗到：

原來，人世間。

曾經可以天天看到，吵架的人，

也許就有那麼一天。

想罵罵他，卻再也不可能。

你曾信以為真的真理，不見得在每個地方都存在，

更甚至不奉行那些真理的人，在某些地方甚至過得很好～

奉行真理的人，相反的過得不是太好。

這些酸甜苦辣，五味雜陳，似乎就是人生。

人生一直在前進著，不管喜歡不喜歡，每段時間都無法重來。

每段時光都是一生只有一次。

不管是富是貴，覺得，對得起自己的心，就可以了。

能掌握的，就好好珍惜～

其他無法掌握的，就學著看開，放開吧！

希望能相信著自己的信念，走著自己覺得對得起自己良心的道路。

堅定的一步一步踏著。

就跟在漆黑的夜晚裡，永恆的在天空中，一閃一閃的星星一樣。

穩穩的，隱隱的，不移的。

創業，是一種修行

2017 年 3 月 18 日

王思明，一個 90 年後的小女孩。寫了這一本書，在北京的街頭上，到處可以看到書架上在賣。說起思明的創業歷程，那真不是一般的坎坷，12 歲就幫著殘廢的爸爸，在海邊撿海蜇皮到市場賣。到現在她稚氣的臉上，都還有當時被海蜇皮扎傷的舊傷。17 歲，沒錢繼續念書，自己從漁村到北京，開始到賣場打工，在一次停車場的邂逅，他遇到了俞敏洪，新東方的創始人，給了她一筆錢，開始了她創業的生活。中間曾做過停車場管理，跟地痞流氓爭偶被霸占了的路權，也賣過裙子跟高爾夫球竿。

上週，在北京她的辦公室裡，聽著她說著人生不同階段的故事，她的辦公室裡有著各種佛書，經歷了人生大起大落的

她，雖然年紀很小，說出來的話卻很像 40～50 歲歷經人事的老太太。思明說，創業，是對自己身心的歷練，有很多次，她都覺得快撐不下去了。

問她會不會擔心未來，她笑著說，擔心一定會擔心的，未來是未知的，但能怎辦呢？就是盡力過好，讓自己找事情開心就是了。

創業，有著人在利益面前的各種人生百態。
有著人在利益面前得面對的各種考驗。

有對外對內的各種挑戰，就……
把它當作一場修行吧！

創業是一種修行之二

2017 年 3 月 22 日

續上篇，王思明的著作。思明給我最鮮明的話，
是說：

　創業，就是不斷的掉坑，不斷的犯錯。

　再努力的從坑中爬起來，改進錯誤，

她說：

　小公司一切都不健全，誰能做到完美？

團隊找的，需要能是彼此包容彼此缺點，欣賞彼此優點的
人，並願意一起承當犯錯、掉坑再爬起來的人。

創業的過程中，真的不是辛苦兩個字可以形容。從開始創業
起，覺得身跟心，都承受過幾次瀕臨死亡感覺的痛苦，再掙

扎的爬起來，會擔憂得睡不著覺，也會因為克服了挑戰，而滿心歡喜。

認識幾個朋友，幾個創業家，非常成功的，

浮浮沉沉的，

失敗的很慘的，

然後交流幾次。

發現，最大的感悟就是：

原來我們遇到的問題，很常見。很多人都有過類似經驗，原來我遇到的問題，還不是最慘，有人歷經過比我還慘的事。

幾點感觸：

魔戒遠征隊裡，一開始，大家都是為了拯救世界，而踏上了探險之途。但當魔戒出現，團隊內，就開始因為誰得到了魔戒，誰的貪與驕傲本性或任何的負面能量便出現。就像得到魔戒的遠征隊一樣，團隊內的猜忌，不滿，負能量會讓團隊的努力功虧一簣。

要避免魔戒效應，規章制度的建立，要越早越好。

越避免模糊，就越能避免人因模糊產生的誤解，貪念因而無限擴張成魔戒。

適當的溝通，交換彼此立場是很需要的，放下自己內心的光環，跟夥伴們一起打拚，享受努力的過程是必要的。

任何的誤解在第一時間，需跟當事人直接確認。

私自的傳播會是謠言的溫床。

有時，創業需要視野與遠見。

別人還無法理解時，就走自己的路吧。

是對的，終究會證明是對的。

是錯的，至少咱努力嘗試。

揮灑過自己的青春去證明自己相信的路。

並不是所有對你好的人作的事情，都是對你好。

並不是所有，說話誠懇的人，行為都誠懇。

商場上，有的是利益糾葛。

看到的人生百態，不會比政治更簡單。

小心地保護自己，是很必要的。

創業在創的是做人，是合作，是團隊，是信念，是意志。

是在艱苦環境下還能屹立不搖，還能不放棄的往自己的目標前進。

有人說，創業成功的，大部分是瘋子，

是執著的傻子。

太計較太強調差異的聰明人，反而最後因為太算計自己的利
益而影響團隊。

能一起把餅做大，求同存異的才是好團隊。

跌倒了，爬起來就是了。

跨得去的坎，在身上烙印下的傷痕，

都會變成內心的勳章。

飛昇成上仙成上神的路上，總得歷經天劫的。

每過一個坎，每從一個坑爬起來，團隊都是羈絆更強的團
隊。

回想起那些年，咱一起摔過坑，一起中過子彈，還互相扶持
的爬起來，努力往前走，這，就是真正的戰友情懷。

寫在最後，作得這麼辛苦。為的，還不是當時真的傻氣傻到
頂的夢想？最近，算是真正完成夢想的第一步了！

我們的中國分公司，章程終於弄得差不多，我們今天跟出資的主要人說，當年我們出來闖，因為我們想建立一個真正的：

社會型企業

社會型企業，是什麼呢？

是真正定期把自己的盈餘，回饋給社會，回饋給人民的企業。
我們賺錢，但我們把錢拿來做回饋社會的事。
以前很常做義工，發現花時間去站在街頭上募錢，募心，很好。

後來想想，如果能提升自己的能力，變成一個更大的機器，所謂的社會型企業，那是不是更加的有效率？我站在街頭的一個小時，變成更大的機器之後，這一小時創造的效益，也許更是數千數萬倍。
我們正式在中國公司章程中，放了一個回饋機制，明定會把每年的一部分收益，拿來做回饋社會的事情。

希望哪天，

能成就一個更有效率，更有正能量的慈善機制，

能在各地，建我們理念的窮人學校，孤兒院。

感謝合作方的大度

合作方的格局與氣魄

願意讓我們把傻氣的夢想

付諸成真正的法律章程

創業是一種修行之三

格局——堅持與再堅持，敬畏。

馬雲給創業者的忠告中的 outline

1.不支持大學生創業

2.創業每天面對的是困難和失敗，而不是成功

3.跌倒了爬起來，再跌倒再爬起

4.最大的失敗就是放棄，堅持到後天就會贏

5.保持樂觀不抱怨，永遠把自已的笑臉露出來

6.胸懷是委屈撐大的

7.成功是熬出來的

8.正視失敗，在失敗中尋找成功的方法

跟馬雲學創業裡的 DVD 裡介紹著，他創業的經歷，其中一段是他跟合夥人吵架（他創業數次），然後他決定離開。他跟大家說，當他離開時，他不批判任何他的合夥人。他也再去創了另一家公司，他也不帶走任何人，原因有 2。1 是，如果他帶人出來，代表那些願意出來的，有天一樣也會學他，一言不合，意見不同，就帶人出去。2 是格局，一個創業者，最重要的，是格局，我認為這裡的格局，代表的是做人的視野，遠見，跟大氣，很多人在創業的過程中，一定有遇不完的挑戰跟痛苦得熬過去，如果你的格局跟合夥人的格局不一致，格局夠大的人，會給彼此留餘地，因為很多事情尤其是有遠見的事情，需要時間來證明，今天我認為我是對的，格局夠遠的人，會認為，時間總會證明一切，也有胸懷跟信心不在此時跟你爭是非。

如果自己格局不夠，想在這時間爭是非，那也無法面對浩瀚市場裡的廣大競爭。

經理人

馬雲在創業過程中，找了數次他認為應該有的經理人，但每次結果都不好，因為經理人認為自己是專業的，應該主導公

司的走向，也認為自己是有經驗的，而容易與創始團隊有衝突，每次公司走下坡時，第一時間走的，就是那群拿高薪的經理人。

覺得，就跟創業沒有一定定則一樣，也許對，也許錯，但無法爭論的是，創始團隊，一定是真正最愛惜自己心血的這群人，也一定是不管風雨或大家都要拋棄這個公司時，都願意扛著站在崗位上的那群人。

創業，是一種修行，因為它很苦，前陣子參加了一個150個創始人的聚會，聚會上，播了一則短片，有人說著說著哭了起來，說自己最慘時，曾經整個公司一年沒支薪；也有人說，有次團隊吵架了，第二天，本來50多人的團隊一下子只剩下3個人；也有人說他創業的日子裡，全家都反對他，並留下了一句話給他的女兒，樂樂，有天你長大了，如果你看到這個視頻，希望你理解我，大部分的創始人對創業的生活，都是焦慮的，都是辛苦的，都是時時覺得未知的，未來不知會如何。沒有堅強的心，很難踏上這個旅程

好吧，簡單的說，看了大家的訴苦，覺得自己遇到的光怪神離的事情，似乎也沒這麼神奇跟嚴重了，我們還算幸運，沒

斷過大家薪水，團隊也算穩定成長，項目也算穩定，雖有波折，過了之後也都是正向的轉變，但過程確實是很辛苦，苦到自己都沒想像過會這辛苦。

大部分在處理人跟人的私心，意見不合，跟未來的不確定性。

創始人，你不堅強，沒人能替你勇敢，身為領船人，當你慌張了，害怕了，那些跟著你打拚的會更加慌張。

覺得，創業不是大家眼中的擁有閃亮亮的耀眼光芒，也不是什麼賺大錢的路，相對的，是責任，是承諾，是對合夥人，對跟著你熬夜打拚的夥伴，是對投資人，對客戶的責任。
是堅持，是明明很難做出來，也得在崗位上堅持到最後一刻，常常覺得也許沒機會了，但堅持過了，到了最後，拚命找方法後，竟然柳暗花明又一村了。

創業，是勇敢承擔，你得承擔別人不願意承擔的責任；承擔大家還看不清楚路線就給予的各種批判；承擔大家信心不足，丟下一走了之；承受誤解或委屈，還是得把一切爛攤子

承擔下來，把爛攤子收拾了，再把它變成一個欣欣向榮的機會。

胸懷跟格局，真的是委屈撐大的，每跨過一個坎，身心都是更加成長的。

除了勇敢承擔，不怕挑戰，堅持之外，當然，得帶著敬畏真誠跟謹慎的心，沒有任何預定立場，開朗的去面對、看待每件事。

創業了一陣子，跨過了幾次的危機，一次一次的蛻變，在未知的旅程上，我們都很好，也覺得很苦，很充實，夥伴們都更有家人跟兄弟的感覺，一起在辦公室睡，一起打拚，

也更隨遇而安。

住過此生最好的旅館，是因為這次創業；住過此生最恐怖的旅館，也是因為這次創業。
曾搭著都是民工坐的便宜火車，在臥鋪上聞著其他人的腳臭，為了趕在一定時間內到達另一個行程。

要有潛龍勿用，韜光養晦的心境，忍受得了孤寂與誤解，才
能守得住在飛龍在天時，不意得意忘形，時時謙虛與謹慎。

創業是一種修行之四

算算 Kneron 至今邁入了第四個年頭。每一年，回顧去年的自己與團隊，

都備覺內外成長很多。

而這些成長伴隨的痛苦與煎熬，

是很難讓外人理解的。

更瞭解了人性，更瞭解了這世界是紛亂與喧雜的。

這對習慣作技術，對事物見解都是簡單的 0 與 1 的我們來說，是思考邏輯很大的跨越，這跨越的過程中

是內心飽受掙扎的，而這些也使我們，在每踏出一步一步時，

都更珍惜擁有的簡單，與我們創造的簡單。

希望，

面對複雜的商業環境，

能作的，

就是發自內心的簡單與真誠。

創業後，習慣每天很早起，

並會偶爾的放空去走走，

見一些與公司事務無關的人事物。

會早起去買串玉蘭花，

去以前作志工的窮學校，找一些人性良善與光明的感覺。

去找些人在無私無求奉獻中的放空感，

而內省自身。

知道用學會付出，與學會欣賞的心，

去看現在一些繁雜的決定。

習慣跳出自己的位置，從不同角度跟不同人的陳述中，

去拚湊一件事情的原貌，然後返求內心。

去在很短的時間內，

做出該有的決定，而這些決定，往往無法滿足所有人的期待，與利益訴求。

也不是所有人都有求同存異，合作共生，能創造更大價值的心胸與格局。

他強由他強，清風拂山岡。他橫由他橫，明月照大江。他自狠來他自惡，我自一口真氣足。

商業是複雜的，因為人性在利益面前是複雜的。在經營 Kneron 的這幾年，常常覺得，不同人對同一件事的描述，會有不同的觀點。覺得很奇妙的是，這些觀點，有些是能理解的。

因為彼此認知背景，文化的差異，

甚至是自己個性不同而造就的觀點不同。

比如半杯的水，樂觀的人認為，我們有半杯水，

再加半杯，就是滿的了。

而悲觀的人，則認為，我們只剩下半杯水，

再少半杯，

我們就沒水了。

成長環境更是決定一個人對事物判別很大不同的影響關鍵。

君不見，台灣的藍綠統獨，大陸與美國的制度文化爭議。千年前的十字軍東征，與阿拉伯世界與基督文化的衝突。

但在這些背景，文化差異之外，其實還常發現一些，人性因為自私與貪或捍衛自己立場，而在心理選擇了對自己有利的意向而產生的陳述，有些甚至達到了滿確定不是事實的陳述，去為自己的委屈，或利益做捍衛的引導，或為了引起自己意見的共鳴而對事情所作的扭曲。

君子所見無不善，小人所見無不惡。

一個人心中有什麼，他看到的就是什麼。人的內心決定人的視野和行為，什麼樣的人看到什麼樣的世界，騙子總覺得全世界的人都想騙他；老實人總認為天下無賊。

君子所見無不善，小人所見無不惡，也是這意思。

生活中有很多人，整天怨聲載道，以為自己生不逢時，所處環境一片黑暗；或是看這人不對，看那人也不順眼等等。這都源自心中本來就有很多陰暗面，才能看到生活中的陰暗面。本來我們所處的世界，一切人事肯定會有許多不盡人意之處。

常覺得萬般皆無相，而相由心生。見微而需知著，隨著公司的漸漸變大，融合的人，事，物越來越多。時時需要內心內省來做各種決策，很多決策，甚至是矛盾的。

創業團隊是時時自我學習的團隊，需要不拘泥於現有的框架，卻又要矛盾的有類似軍事般的強大執行力。要同時讓大家發自內心將公司夥伴當家人般互助扶持的關懷與羈絆；卻又需要有無私的，賞罰分明的規範。

公司最近來了幾個國際知名的高手，有在國際行業巨頭待25年的前VP，與一人獨挑技術大樑把小公司一路帶到上市的行業知名前輩，也從他們身上學到聽到了許多更多更廣的格局。

那天跟前輩們一起討論 coding 技術與他們年輕時經歷的各種歷程，深受技術與商業兩種同領域不同思考模式，與前輩們人生寶貴經驗的洗禮。

發現不論當年與今天，創業都是艱辛的。而內心的堅毅與強大，時時有光明面，能洞悉事物背後本質，不受喧鬧雜音干擾的能力，是支持能一直往前的主要因素。

事物可以很複雜，也可以很簡單。

公司又將邁入另一個階段了，期望前進與未知的路途上，能在克服每個挑戰的過程中，讓自己更加堅強與更加有智慧。期望在旅途中，收穫更多能走一輩子的好友與戰友。

且行且珍惜

愛是恆久忍耐

愛是恆久忍耐，又有恩慈。愛是不嫉妒，愛是不自誇。

高中畢業典禮時，我們的各堂老師，在台上一起合唱了〈愛的真諦〉給我們，那天，夏天的鳳凰花開的恣意燦爛，大家要各奔東西的離情依依，很多畫面多年後回想起來，似乎都仍是記憶猶新。

人生的過程裡，國小有遇到一個很虔誠的基督徒老師，很早給了我們亞當，夏娃的故事。

國中時，叛逆的我遇到一個虔誠佛教徒的老師，給了我很多《心經》，佛經。

跟唐三藏降伏孫悟空一樣，

我覺得我在他那，得到了平靜，得到了人生清楚的目標。

跌跌撞撞的，數十年也就這樣過了。

兩個老師，在人生重要時刻，給的烙印，教導，

一直深埋在心裡，我去教堂，受洗了。

也深深欣賞很虔誠的基督徒，他們那種平靜、無畏、凡事交給神，凡事依靠信仰的態度。

也欣賞出世寺廟裡，老僧禪定時，無為無求的人生境界。假日時，會挑合適的志工活動參加（不分宗教）。

我曾對真理質疑，

看過不認同的各種宗教行為，鄙視注重說一套作一套的表象的人。

後來覺得，其實我們追求的最大公約數：

是所謂的

愛

是

真實

是高中畢業典禮時，老師送我們的那首〈愛的真諦〉：

「愛裡沒有懼怕，愛既完全，就把懼怕除去，因為懼怕裡含著刑罰，懼怕的人在愛裡未得完全。」（約一4：18）

「你們存心不可貪愛錢財，要以自己所有的為足，因為主曾說：『我總不撇下你、也不丟棄你。』」（希伯來書 13：5）

「並要以恩慈相待，存憐憫的心，彼此饒恕。」（弗四 32）

大愛無疆，上善若水。最高境界的愛，是沒有疆界的，適用於任何方面、任何種類，不管什麼人都能感受得到。

常聽人說：「我絕不善罷干休，我要他付出代價！」我們也會想：「如果原諒他不就太委屈自己？不就赦免對方的錯？不就免了對方的任何責任？這不是太便宜他了嗎？」也因為這種誤解，讓很多人注定一輩子深受其苦，為什麼饒恕那麼難？因為要實行饒恕的人是被害者，當所受到的傷害是如此深刻，憤恨難消，報復之心隨之生起，要饒恕當然不易。

如果我們帶著怨恨，唯一會痛苦的人就是自己，因為氣憤是附在自己身上的。讓憤恨的烈火持續下去，並不會燒到傷害你的人。若你自己吃下火藥，卻期待對方被炸傷，這有可能嗎？或許有人會說：「但至少能出一口怨氣！」這也未必，

因為當我們對某人懷有惡意，他會以同樣的惡意回應我們，然後我們就必須為了應付，而做更多我們不喜歡的事情。

會寫這篇文章，不完全是想強調基督徒或《聖經》的某段文章或感動，更多的～是想將這段時間遇到的風風雨雨，跟看到的在風雨中仍然堅挺著～跟看到一些堅持著裡想，再多年後才獲得世界肯定的人事物，以此勉勵自己。

想要成為鋪成大路的磐石，必先能承受風雨的淬煉

這陣子，很湊巧的，有兩位尊重的前輩們跟我說了這段《聖經》：

哥林多後書 12：9　我的恩典是夠你用的，因為我的大能在軟弱中得以完全

貝爾實驗室 YK Chen（陳陽闓），交大校長 MC Frank Chang（張懋中）。
我們總追尋著表象的成功，對錯，爭所謂的是非，後來卻忽略事情的本質：

真實

人有
我們認知的自己
他人認知的你
真實的你
你想呈現給他人的你
這四種自己

會因人而有不一定程度的差距，越真誠的人，這四種自己是越接近的。越主觀跟自我的人，這四種自己，會差異越大。
另一種真實是，每個事情：

有不同角度
不同認知的面
有我認知發生的真實，有他人認知發生的真實，也有每個人因為自己的立場而想呈現的真實。
越真誠的人，這些真實是越接近的。
越主觀跟自我的人，和想藉由事件去獲得自己私心的人，這些真實，會差異越大。

老段

2017 年 6 月 9 日

昨天，在矽谷跟合作夥伴一起參加蘋果的發表會。跟合作夥伴談下半年的幾個合作案規劃。合作夥伴邀我到他住的旅館頂樓，難得的空閒，我們暢談了許多許多事情，他說著他以前剛擔任現在他公司 CEO 職位之前跟之後的心路歷程。原本是技術出身的他，現在是商場上赫赫有名的人物。

談著談著，

我們說到想把人工智能放到手機中的幾個想法，他很興起的就打了一個電話，給一個在矽谷半隱居的神秘老先生，約他跟我們一起吃晚餐，電話那頭，只知道那個先生叫

老段

之後，聽了一些故事，這個段先生，持股 Apple 接近 5%，曾跟巴菲特一起吃飯，是 vivo 跟 OPPO 的創辦人，名叫段永平，浙大畢業的老段。

老段跟我的合作夥伴一樣，是低調樸實的人，標準工科出身的。

在我的認知裡，總認為工科跟商科，是兩個不一樣的維度。

工科講求的是確實。

1+1 一定等於 2。

商科，講求的是和諧與讓每個合作的人。不同思維，不同理念的人，

能找出共同點。

因為要講求合作與共存，很多事情，沒有一定。商業上，可以看到銷售人員，為了讓合作談成，力求跟對方建立私人關係。

如何在工科的內心，做好商業。對還在摸索的我，一直是個難題，技術是容易的，人心是複雜的，如何在眾多不同的意見，可以讓所有人找到一起合作的基點跟一起往前行，跟大家都舒服，是商業上最難最難的問題。

於是，在蘋果發表會的隔壁旅館上的頂樓，我們幾個工科出身的人，看著隔壁遠遠半枯的山，聽著他們年輕時的奮鬥史，也說著一些天馬行空的想法，比如，如果有天外星人攻打地球，把各國政府打了，比特幣將會變成世界通用的貨幣等等，或說以前見了某清華紫光的趙前輩（趙偉國），一頓飯就可以把所有人的心思摸透的各種經歷，並可以讓大家聽著他說話，都很舒服（強調世界是有商業奇才的，就跟我們熟悉的工科奇才一樣）。

聽著這些，似乎很遠，又很近的故事，總覺得有點迷離。昨天下午，就是半輕鬆，半悠閒的，似乎是在談商業合作，又似乎是朋友間的閒聊，偷閒過了一個下午。

感觸就是，當人到一個境界時，

似乎在談生意時，是可以無求無畏的。

當人帶著赤子之心，去追求事物時，工科的本質，可以單純的、實扎的把追尋的事情作到極致的境界。

而我們，就只是在一次一次提升身心境界的過程中，商科跟工科的分界，1+1=2 的確實。跟社會學中沒有一定標準的模糊，似乎就是境界跟內心層次的問題了。

層次不同，視野不同，看事情的角度，詮釋事情的點跟面，也就不是這麼相同。

《董小姐》的歌詞中，一直有不解的一句，為何董小姐渴望著衰老，「因為，青春是殘酷的」。

如果你是個單身美女，你交往過多少男人，各種版本，各種流言，會騷擾你睡不著覺。但如果你是 50 多歲的大媽，就沒人研究著你的私生活。如果你是 20 多歲開著車的小伙子，旁邊同學開法拉利，呼嘯而過，心中會自然而然地出現攀比心。

但等你倆都是 70-80 歲的老先生，誰都不會有攀比跟不滿的心，見面時，只會珍惜跟回顧當年輕春的輕狂。

「是啊，我們都應該渴望無風無雨，也無風雨也無晴，心境中的那個衰老，平靜無垠的心」。

當令狐沖，遇到經歷華山劍宗氣宗之爭的風清楊，

楊過遇到華山巔上的互鬥終生最後相擁而亡，一笑泯恩仇的東邪西毒。

年少的輕狂，看到前輩中衰老與不隨風雨起伏的心境，
大概就是昨天下午我的最大感觸。

開公司，像開一台小船，
在未知的大海中，找尋彼岸的方向。
不知會遇到什麼風雨，不知一起在船上的夥伴中，
何時會有不一樣的想法。大家內心中，都會有著人性的堅強
與脆弱。

有光明的一面，有黑暗的一面，最近接觸很多江湖中真正成
名的前輩。

也許，所謂的境界，就是一種魅力，

能時時的，讓團隊中的黑暗，負面的情緒，都能在充分溝通
跟理解中，及時地消除。能凝聚大家心中的光明面，挑戰所
謂的未知，挑戰所謂的風雨。

但負面情緒被激起，互相的懷疑，比較，就會是個向下的漩渦。將團隊帶到危險的崩潰境界，正面情緒被凝聚，會互相包容，互相理解跟體諒，團隊就能在儘管很辛苦，也會內心充滿快樂跟充實的境界。

1. 最近看到的一些創業之後的感觸。

2. 不當最佳辯手，不糾結自己的對和別人的錯——我們是夥伴，一起打拚的夥伴。

3. 不放棄，不抱怨。不怕受委屈——委屈是把自己胸懷心胸撐大的良藥，領導的胸懷跟心胸越大，越能將公司團隊帶領到另一個層次。

4. 擱置爭議，互相信任。快速執行，勇於承擔責任，小公司的本質，就是求同存異，要縮小自我，才能放大團隊跟團體，求得團隊的共贏。

5. 至正至奇止於德，明心明勢敏於行。

幹成才是絕對的公平——要有公平意識，但不能以公平為導向，不能天天討論公平，世界本就不存在絕對的公平跟絕對的完美。

希望有天，也能有蘇軾〈定風坡〉「回首向來蕭瑟處，也無
風雨也無晴」的心境。
隨時帶著無求無為、無風無雨的心境，努力堅定的挑戰未知
的前景。

PS.Kneron 最近產品正式推出了，也看到合作夥伴在市場上的
宣傳，夏天跟年底，都各有數個產品會在市場上，我們也拿
到百萬美元等級的收入了，穩扎穩打，樂觀進取，過去的痛
苦，煎熬，都是未來更成長茁壯的養分，看到市場上，有我
們的心血的產品，心中的成就感還是很難形容的。

夜談

人生有幾次經歷，不太確定著未來。跟好朋友一起，天馬行空的談著各種可能和選擇。我的人生到處飄泊，在各地交了不少各式各樣的朋友。但總自以為堅強的面對著各種挑戰，少在人面前訴苦，或談起各種擔憂。

半年前，在中國，我跟 Kidd 在一個酒店的兩張單人床，談著當時公司面對的各種挑戰。

Kidd 是我以前在 Berkeley 跟 UCSD 的同學，研究所時，有一起修幾堂課，有合作幾個 project，當時說要創業時，一通電話，他一週後就決定放棄了在北加很優渥的工作，過來跟我們吃苦。

無獨有偶，10 年前的 ICCD，我們拿到最佳論文獎提名時，在泰澳湖，我們也在旅館裡，沈重的深深談了快一晚，也是

遇到被人在背後捅了一刀的事，兩次，我們再談發生的各種事情，理著各種思緒，跟討論著如何應對時，都是心中悶悶的。

人心，很難測，人都有所謂的善良面，跟《聖經》所謂的「原罪」，原罪會在你面臨利益誘惑時，看到讓你妒忌的事，和湧現在心中的猜忌，貪心，妒忌，人不能單純的分為，好人與壞人，對你好的人，談得來的人，會在危及自己利益時，心中的原罪湧現，而做出令人意外的事。

哲學，哲學的本質，是在描繪內心，人的世界，萬般皆來自於我，瞭解自我，跟自我構築的世界觀，是哲學的本質，越是聰明的人，越難抓住自己的心，任何事物，都會因人認知不同，看的角度不同，加上自己內心的或多或少的私心與立場，而有不同的解釋面。

沒人恨，不是完人，不遭人妒者，是庸才。
成大事者，必是讚滿天下，也謗滿天下，
所以高處才會不勝寒。

因為越在高處，利益與決策的焦點，越不能滿足所有人的期待。能做的，只是選對方向，堅定信念，努力的往前走。

朋友

其實我很喜歡一群朋友，在一起的感覺，一起瘋狂的到哪旅遊，聚在一起狂歌狂吃。

在高中畢業時，有同學帶著吉他，在教室裡，大家一起唱著周華健的〈朋友〉。

當離開韓國時，組裡找了我去KTV，唱的，仍是那首韓文版的〈朋友〉，狂灌我酒，整組的人擁著我喝的。

在喝得爛醉如泥時，有幾個同事半哭著說著，平常合作時的委屈，跟虧欠。

合作，為了把仗打好，把案子做好，怎會沒有血沒有淚，沒有汗水，跟沒有爭吵？

所有的不平凡，都是汗水，淚水，跟無數的熬夜，和爭吵，
和信念，和吵完手扶著手，一起一點一點累積，打磨建立起
來的，沒有打磨的過程，只會是普通似模似樣的平凡，

無法造就不朽跟偉大。

真正的朋友，會吵完，就把心中話一起在酒桌上，在戰場
上，講出來，解釋了，就一起往前把戰局顧好，打好的夥
伴。

願你出走半生，歸來仍是少年。
這陣子，公司擴張，把高中的、大學的、研究所的，那些曾
經熟悉的朋友們，一個一個的找過來，說真的，創業很辛
苦，沒有堅強的意志，沒有想一起流血，流汗，流淚的夥伴
戰友心，不是太容易能撐起整個大局。

每見到一個當年熟悉的朋友，曾經對未來惶恐，曾經一起挑
燈夜戰準備考試。
曾經一起趕車，吃飯，那熟悉的少年身影，都在腦海中一一
浮現。

我們都曾是少年，曾熬夜看著郭李建夫大戰日本隊；看湘北籃球隊，不論怎樣的劣勢，怎樣的意外，都堅挺著面對實力強上一階的山王高工；曾看火影忍者，明明被佐助一次一次拋棄，傷害，還不肯放棄羈絆的漩渦鳴人。

下週要開始一個更偉大的案子，挑戰更大，但心中啟程時的那份初心，也仍如烈火般，隱隱的悸動著，自強不息，只為努力奮鬥，只求盡力揮霍汗水，只求回顧時，一份無悔，一份問心無愧。

隱形的翅膀

10 年前，我還是學生時，帶了一群當時正在作志工的大學生，我們會去幾個墨西哥社區，帶另外一批家境不是很好的學生，他們的爸媽，大部分是墨西哥籍移民。

那時的我，

對未來跟對人性是迷惘跟質疑的。
剛剛要踏出社會，
漸漸體會了人性在利益面前，
有時是複雜與黑暗的。

因為質疑，
所以很想找尋什麼是人生的道理。

可以能讓自己在面對這些複雜與黑暗，仍能堅守自己的信
念。

也因為質疑，

有段時間，

比較放空了自己。

作了很多志工活動，參加了很多組織。

當時那群大學生，很常到我們家裡唱歌。

唱到最後，

都是哪首他們視為會歌的

〈隱形的翅膀〉。

會邊唱邊大家一起比著手語。

那一年，這群人的人生，

也不是風平浪靜。

一個夥伴在我們面前，

從原本健健康康的，

動了幾次開腦手術後，

兩個月內，就在我們面前往生了。

另一個學生的爸爸突然過世，

念大學的他，

突然失去了經濟支柱。

但無論哪種風雨，到了週日，

仍然看著他們會一起去另外一個

生活更巔簸的墨西哥社區，

去帶著那些更小的小孩子。

那年體驗了人性的黑暗，

但也體驗了人性的光芒。

那一年，體會了被人背叛陷害，

卻也收穫了夥伴與溫暖。

事實上，創業後，看到人因為利益而展現的自私，

貪婪與爭奪的醜惡。

是更真切與切身的體會。

商場上，看到與聽到形形色色的人，

甚至自己也經歷了種種，可以帶上電影院的奇譚。

有些甚至是能讓你一不小心就身敗名裂的種種陷阱，更時
時讓我們覺得身處在一個危險的商場叢林。

但一樣的，覺得看著各種形形色色的事件，還是在過程中，收穫了更多夥伴與更多一起奮戰的種種經歷。

幾天前參加一個都是企業家的聚會。幾個朋友喝了酒後，告訴我們說，

他最近壓力很大，

我們找他時，他想也沒想就來了。

就希望買個醉，

並開始講了各種與投資人，供應商承受的委屈。因為政策的突然更改，朋友本來上千人與營收過億的公司，上週裁了一批人。

他說政策的不明確，讓他需要再去打通一些關係。說著說著，就哽咽起來了。

另外與會的企業家兩個朋友，吃飯吃到一半，都剛好小孩打電話來。

朋友們在我們面前跟只有兩三歲的小孩視訊，看著那些牙牙學語的小孩在跟爸爸撒嬌。

要爸爸趕快回家（他們倆都已出差了一陣子，大半個月沒回家）。

老婆跟他們說，小孩吵著沒看到爸爸不願意睡。

這群號稱創業者的朋友們，都有的共通問題：是藥不離身，身體或多或少有些毛病，也都長期離開家裡出外打拼。

吃完飯局後，幾個朋友大概因為酒喝多了，
開始在胡亂唱歌，有很老的 70 年代高亢的歌曲，
也有比較年輕的歌。
但最後，
不知道是誰。唱起了〈隱形的翅膀〉。

這個社會，
需要一群願意挑戰與創新的人。
沒有創新的新血，社會失去創新的動力。
只會讓已逐漸僵化的大公司與沉悶程序，讓這個社會漸漸失去競爭力。

君不見，曾經的 Nokia、Motorola、Dell，

因為體制過大，決策過慢，錯失了幾個產業變革，慢慢被新創的後起之秀趕上。

但美國矽谷的創新力道一直強勁。

一直有後起之秀接棒式的拉起國家與經濟的創新火車頭。

而小小的台灣，在上一代的 PC 與半導體世代而崛起的那群已進入大公司模式的領頭羊們，

決策與步調已失去草創時的活力，很需要新的創新力道去接棒與承接新時代的變革。

雖然十多年過去，當時對人性的質疑與困惑，只在見過更多，聽過更多後，更加沒有找到答案。

但因為旅程，收穫更多的友情與跟一群人一次次奮戰的經歷。

讓現在即使看著黑色，灰色，與種種光怪神離的混亂，

仍能在心中記得自己的初心與堅信的道理，繼續的踏著往前的步伐。

有種不言敗的精神，叫——櫻木花道，叫——漩渦鳴人

年紀跟我接近的，在國高中生的回憶裡，一定有著路邊響著《灌籃高手》的主題曲，愉快輕快又熱血的歌曲印象，還有著片頭打動你心的灌籃聲，當年 JUMP 的幾部動畫，《幽遊白書》、《灌籃高手》、《火影忍者》，還有《海賊王》，充斥著我們的童年、青春。

櫻木花道跟火影忍，在我們心中烙印的，是永不放棄，永不言敗，相信夥伴，不放棄夥伴的那個精神。

儘管佐助被大蛇丸，被心中的黑暗帶著走向歧途，一次一次的傷害著木葉跟鳴人，那句，「永遠不放棄」，是我的忍道，總是貫穿著整部動漫。

創業後，去了好多好多地方，見了好多各種不一樣的人，心中的體悟，酸甜苦辣，各種萬千。

最近結識了很多很成功的創業者，漸漸發現，創業者，都是得有那一點點浪漫的，得有那一點點的跟大部分人不一樣，因為走的路跟大部分的人不一樣，得承受的，跟大部分的人不一樣，大部分的人，面對挑戰、危險、未知跟挫折，得有那份傻氣，才能一次一次的度過難關，也因本質跟人不一樣，不是太容易一開始就被大家理解跟認同。

跟當年熟悉的櫻木花道和火影是一樣的，大家不看好你，一個外行的籃球門外漢，怎妄想打入全國大賽，一個全班吊車尾的，憑什麼當火影。

但在我們成年之後，進入所謂現實，自私自利的社會，商場中，還能讓你隱隱感動的，是那《灌籃高手》的歌曲，伴隨

著專注練球的櫻木花道，在跟山王對打時，明明摔得全身是傷，也不放棄的那個身影。

是那個明明一次一次被否定，卻怎樣都要站起來帶著淚水跟汗水的漩渦鳴人。

有一天

團隊最近招了很多新夥伴，多設了幾個點，飛來飛去的日子，變得更加的頻繁，常常兩三天就飛一趟，上週，就去了5個城市，為了更加跟客戶和合作夥伴有密切關係與效率，我們緊密的跟不同層級的夥伴們密切的一起工作著，生活著。

去了不同城市，跟深入不同的合作夥伴。

其實會發現，每個合作夥伴，都有著不一樣的文化，不一樣的人事關係。

也會隨著深入的不同，體會跟理解，又會跟著一開始有不一樣的體悟。

認知的印象，又會跟著一開始，跟外在體悟有著很大差異。

曾經有一天，一起合作的某個我們認為很堅強的女強人，在她的車裡，她多年在海外的小孩突然回來了，很突然的，她的臉上堆滿了笑容，並開心的跟我們說著，等一下她要讓小孩幫她掏耳朵，那眼神，跟遇到珍寶一樣，閃爍著光芒。又曾有一天，她突然在我們眼前病了，去了醫院，卻如臨大敵一樣，只通知幾個很親信的人，偷偷摸摸的，不讓任何人知道，並告知我們不能聲張。又曾有一天，我們在車裡，突然播放了一首鄧麗君的老歌，嚴肅的她，停住本來在聊的話題，突然望著遠方，神遊的不說話，很長很長的一段時間。

慢慢體會到，高處，真的是不勝寒，簡單的，一般人可以有的，卻在一些位置上，高度上，你只能學著堅強的隱忍著，一切只能想著大局。

漸漸的，在創業的路上，看著各種不同的人生，有團隊的，有合作夥伴的，有合理的，也有不合理的，有看得懂的，也有看不懂的，有能體會的，也有不能體會的。

而這一切，是在凝聚著一群有著自己故事，藏著自己歡喜、哀傷、夢想、期待，而往著一個方向共同旅程的夥伴們。

創業者的本質，在於自己變成光，變成凝聚大家的正能量，和傻氣的初心，一起去追尋夢想，然後，把各方的負能量，內斂到自己的心中。

尾牙

創業到今天，像搭著雲霄飛車一樣，起起伏伏，遇到各種想都沒想過的挑戰，覺得創業的初期，我以為創業靠的是科學，是技術，是熱情，靠的是自己花在技術領先上，投入的時間與專研。但數次的風風雨雨過後，我認為，創業靠的是信仰，是堅持，是對人性的體會，靠的是哲學。越來越多時間，我會在一大早，仔細思考著，同一件事，在不同的觀點，不同的人性分析下，不同的文化下，是怎樣的結論？有很多時候，我不明白對與錯，也不明白好與壞，也不明白思索的盡頭，能得到怎樣的答案，這跟科學 1+1=2 是不同的，而是人與人間的羈絆與信仰，與共同面對不同觀點求同存異的妥協，和尊重不同觀點的謙卑，和對市場與合作夥伴的敬畏。

創業很複雜，小公司很難在驚濤駭浪裡跟大公司強大資源的競爭中穩穩地前進，也很難在各方利益跟權力糾葛中，找到最好的路。

因為複雜，能作的，就是簡單踏實的作好基本功，創業後，為了找到成功的真諦，買了很多不同的書，有 Google 的《重新定義公司》，有騰訊的《騰訊傳》，有華為的《以客戶為中心》，希望能吸收各家公司成功的基因，讓我們這個承襲團隊夥伴心血的公司，能找到一個綜合各家所長的文化。

後來，看了一本為何曾國藩成功的書，滿清後期天下大亂，曾國藩又笨又穩，卻平了天下，不管外面多混亂，新創的環境多紛雜，人性與商場環境多險惡，堅其志，苦其心，勞其力，事無大小，必有所成。

剛到中國大陸市場發展，覺得因為文化不太一樣，也不夠了解商場的深淺。

因為看不懂，想不透，就穩穩的作，穩穩地跟客戶和合作夥伴磨，久而久之，也磨出幾個產品出來了。

其他很喜歡的曾國藩名言：

> 多躁者必無沈毅之識，多畏者必無卓越之見，多欲者必無慷慨之節，多言者必無質實之心，多勇者必無文學之雅。

> 唯天下之至誠能勝天下之至偽；唯天下之至拙能勝天下之至巧。

一個喜歡讀書的人，品格不會壞到哪去；一個品格好的人，一生的運氣不會差到哪去。

久利之事勿為，眾爭之地勿往；勿以小惡棄人大美，勿以小怨忘人大恩；說人之短乃護己之短，誇己之長乃忌人之長；利可共而不可獨，謀可寡而不可眾；天下古今之庸人，皆以一惰字致敗，天下古今之才人，皆以一傲字致敗；凡成大事，以識為主，以才為輔，人謀居半，天意居半。

與多疑人共事，事必不成。

與好利人共事，己必受累。

輕財足以聚人，律己足以服人，量寬足以得人，身先足以率人。

今年尾牙發給所有員工的信，發出來跟大家共勉之。

又到了一年的開始，我們將在這個月月底，在各個分公司舉辦相對應的聚餐與尾牙，感謝大家過去一年的辛勞。在這一年的開始，也希望大家能省思過去一年我們作得不完美的地方，怎樣大家可以一起互相成就，讓自己跟著公司，自己的視野，格局能隨著公司一起成長。公司的本質是人，當我們希望公司能成長，最基本的核心本質，就是我們自己的成長。最近會在各個分公司作相對應的 all hands 跟 one on one meeting，歡迎大家暢所欲言，能告知我們有任何不足與需要改進的地方。公司開始變大，希望大家一起本著以人為本，開始有紀律與績效，能成為一支在商場上的常勝軍。

以下幾點，是希望大家一起思考與一起省思的點：

1.我們是怎樣的一群創業團隊？

能到 Kneron 的成員，相信大家都是在彼此領域的高手，因為我們不隨便招人，面對的市場挑戰，也比一般的大公司還大。

我們大部分，是願意放棄大公司的職位，來這裡一起闖的夥伴，是怎樣的初心會希望一起闖？因為我們想成就一個夢想，不希望平凡，既然要一起闖，就得敞開心胸的溝通，只有互相成就夥伴，夥伴互相成就彼此，我們才能是一個凝聚力夠強的勁旅。很誠心的說，我們目前的團隊，比我在高通，三星遇到的，都還更有戰鬥力，人生難得有這樣的機會，可以將各路高手聚在一起，為了一個不甘平凡的理想，一起打拚。

我們不僅是創業者，我們還是在新創領域人工智能領域的初學者，初學者的心空空如也，因為心空了，才能持

續成長，持續提升自己的格局與能力，不受各種習性的羈絆，隨時準備虛心去接受，並對所有可能性敞開，向貝索斯學習，Day one 是一種狀態，把創業的每一天當成創業的第一天，把每一次學習，當成剛開始的學習來對待，別讓自己的盲點，忽略了各種可能的風險，越能時常將自己放空，虛心接受各種挑戰與學習的，越能一次一次的突破自己的格局。

我們每一個人，都可以成為其他人的領路人，創業的過程是探索，是學習，是夥伴們互相扶持的旅程，旅程中，有人性的弱點，有各種誘惑，有各種負能量，而成功的必要條件，一定是互相提醒，維持正能量的夥伴們。

既然要作，咱就是要肝膽相照，夥伴是成就你心中最初夢想的最重要資產。

人生有數種相見，一種是拔刀相見，希望將對方置於死地的敵人，一種是互相成就互相扶持，共贏的夥伴。

格局越大者，會在旅程中，一個一個聚集了互相成就的
夥伴。

當大家踏上旅程的那天，就是希望能凝聚彼此的共識，
讓我們，讓團體，讓公司，隨著自己的提升，而一次一
次的蛻變。

世界很大，人生很長，能承襲越多信賴，跟越多互信的
團體，一定比到處樹敵，跟到處批判的團體，能有更強
的戰鬥力。

2.我們有所為跟有所不為的共識，是什麼？

要守時，不要遲到，尊重別人的時間，尊重夥伴，別人
才會尊重你。

要開放，不要狹隘，常看到世界的廣闊，看到遠方的目
標，才會有機會提升自己。

要價值，不要投機，要追求大家共同的目標，區分慾望跟價值觀，區分客觀事實與自己私心主觀的盲點。

求同存異，尊重公司與團體的共同榮耀，看重自己的每個承諾，創業的本質是求同存異，不會有一個決定，能滿足所有人的期望，也不存在絕對的公平，做成才是真正的公平，著眼大局，望向遠方而不爭奪小的意見差異，與計較他人與自己的小利差異。

我們的目標，是把餅做大，而不是爭奪個小餅。

我們要做互相成就的夥伴，而不是互相抱怨計較的敵人。

願與大家共勉，今年是公司很重要的一年，希望大家看重自己選擇踏入這條路的初心，一起努力把今年各自的戰場打下來。

什麼是真實？你看到什麼，聽到什麼，做什麼，和誰在一起？如果有一種從心靈深處滿溢出來的，不懊悔也不羞恥的，平和與喜樂的，那就是真實。在人生當中，你不可能擊中 90% 的投球，每次的揮棒也不可能都很帥很完美，旁邊有恥笑的，有稀落的，有批判的，而你的集中率只需要達到 35%，你要做的，就是昂首進場，不斷不斷的奮力揮棒。

阿基米德的基點

Kneron 融資結束後,一直太忙,無法抽空把這陣子的體悟好好寫下來,一直到這幾天,終於算完成一個段落了,簡單的寫下一些感想。過去這陣子,見了太多的大人物,格局視野很大的人,體會很多,對我來說,Kneron 的特質一直是包容,融合與尊重,Kneron 的成長過程中,一直是不斷的破除框架與開闊視野,公司成立沒多久,我們就在大陸、台北、美國成立了據點,團隊有軟體與硬體,因為人工智能產業的特色,並不是一個獨立的產業,他很像萬金油,需要依附在一些垂直領域中,所以快速理解不同垂直領域的需求,並提出解決方案,是我們一直需要面對的難題。

我們面對的，有大陸、台北、美國的文化衝擊，也有軟體硬體開發過程中，本質上不同的開發流程，彼此容易造成的誤解，還有智能手機、安防、智能家居等各自垂直領域的不同需求與各自產業的不同工作文化、溝通文化。磨合，一直是我們得克服的難題，但我們一直堅信著，理解彼此是解決所有衝突的核心，所有的隔閡，都是一個試練，他考驗著你，多想讓事情成功，他也考驗著你，踏出旅程的第一步，當時想出來揚帆啟航踏出探險的初心，對你來說是多麼重要。每次夥伴的不理解，質疑，他也考驗著我們，夥伴對你來講，是怎樣的意義，不願放棄夥伴間的羈絆，不願放棄想一起闖的初心，是一直支持著我們，走到今天的動力。

阿基米德曾說，「給我一個基點，我將能翹起地球」，我深深地相信，那個基點，在心，在我們每個人胸中，那可以熊熊燃起的熱情，基點在於我們對人對事的真誠與執著，基點在於我們對人對事的尊重與敬畏。世界很紛亂，很多事情，在不同人，不同立場，陳述出來的就完全不同，商場上真假難辨，利益會讓人跟人原本簡單的關係，變得很複雜，但正向的思考，一次一次的內省檢視，帶著真誠的心，不時

的讓團隊跳脫原本的框架，去面對複雜的商業挑戰，就是我們過去跌跌撞撞後，找到的基點。

你的人生，永遠不會辜負你，那些轉錯的彎，那些走錯的路，那些流下的淚水，那些滴下的汗水，那些受的傷痕，全都讓你成為獨一無二的你。

阿基米德曾說，如果給他一個基點，他就能翹起地球，這是一句豪氣萬千的話。

意思是，給我一個立基點，我就能翹起我的世界。

不論遇到什麼挑戰，能堅持信念，是很重要的，踏實走路，仍需仰望星空。一個沒有經歷過黑暗和風雨的人不能稱為成熟，一個了解了世間的黑暗，經歷風雨就怨聲載道的人，本身就是一個弱者。真正成熟的人，是你明明了解人性的黑暗，但仍然用善良作為做人的標準。

你明明受過傷害，卻不以同樣的方式憎恨他人；你明明飽經人世間的悲慘，卻仍然懷有慈悲感恩之心；

你明明了解走捷徑的規則，卻仍然堅定自己的原則。

你明明嚐遍了世間的冷漠，卻仍然用陽光的心態做命運的主宰者！

過去一個多月，認識了很多人，騰訊的 COO 任宇昕，摩拜的胡瑋瑋，MIT Media Lab 媒體實驗室教授休・赫爾、商湯的湯曉鷗，在大家眼中看來光鮮亮麗的所謂成功人士中，背後都有一段一段艱辛的歲月與不輕易放棄的坎坷故事。

休・赫爾在一次意外中，喪失了自己的雙腿，在一般人的眼中，原本熱愛登山的他，失去了雙腿，等於失去了一切，他卻沒有因此自暴自棄，經過了多年研究，研究出了可以輕易用自己腿部肌肉控制的鈦合金機械腿，他甚至自稱自己是第一個成功的人機整合人，並用這雙機械腿，成功的攀登了自己之前無法攀登的高峰。在談話中，他不只一次的感謝那次事故，因為這個事故，讓他成長，讓他變得更堅強，變得比以前更強壯。

看似光鮮亮麗的湯曉鷗，經過了多年大家不看好 CV 的日子，並告訴著我們，每一個論文中的演算法，在商用化的過程中，是一個一個痛苦的髒活與累活，AI 並不是大家外表看來的光鮮亮麗的行業，因為他的依附性，他們需要跟不同產業的人打交道，去解決一部分的產業問題，在融資過程中，被投資人因為對不同行業的不夠瞭解，和他們一開始對不同領域隱藏在細處的問題不夠清楚，踩過無數無數的坑。踩過的坑，會是滋潤我們的養分。每踩一次坑，爬起來，就跟遊戲打怪一樣，我們就升級了，累積越多的經驗，就變成團隊更強的戰力，感覺累，就是我們在往上爬的過程，如果想輕鬆，就是在走下坡。

我們遇到的問題，是在這個領域上想要成功的人，都會遇到的問題，每當我們克服一個難關，我們就變得更有競爭力，變得更強大，遇到難關，我們該有的是敬畏與感恩，因為我們又將迎來另一個蛻變的過程。

許多歷史上偉大的突破，一開始都是大家不看好，不認同，帶著質疑的態度，而在核心成員忍受了孤寂，不放棄的堅持下，才守得住最後的繁華。

因為我們在探索新的領域，所以常常會有面對艱苦跟未知的感覺；因為有團隊在一起面對，所以我們能堅強的面對各種風雨；因為有團隊在一起，所以我們不害怕任何挑戰；因為有互相扶持的夥伴，讓我們一起留下的汗水、淚水，都變成內心堅強的養分。

願不忘初心，願不懼任何挑戰，感謝所有的試煉與挑戰，感謝所有的痛苦，因為這些淬煉，讓我們變得更強大，讓我們能一次一次的跳脫格局與蛻變，讓我們在胸中的那個基點：初心、真心與誠心，淬煉成更有能力撬動世界的信念與豪情。

複雜

其實在創業的過程中，因為需要一次一次地面對社會上形形色色不同的人，並接收不一樣的人在不同時間，不同地點，不同背景，不同立場的 input，常常會很難找到所謂的真實。

同一件事，不同人陳述的常常大相逕庭，常常需要在很短的時間，從有限的訊息中，作出快速的判斷。

人會因為不同立場，偏頗的想法，或利益上的不同，或自身的文化背景，而對一件事有不同的陳述，曾經很困惑，也曾經不知道怎找出事情的本質。

也曾經很疑惑如何面對商場上的複雜，後來覺得，盡心、盡力、堅守本心就可以了，真誠的面對每件事，如果這不是我，做回自己，如果這是我，做好自己，曉事即知人，自任者輕其論，狂狷鄉愿之得失。

有次跟一個檢察官朋友聊天，他說，多年辦案看過各色各樣的人在利益爭奪面前的本性，有時甚至是廟宇裡天天誦經的得道高僧，在最後爭奪廟宇經費時，做出的手段可以讓人大開眼界。是啊，太陽底下沒有新鮮事，禪宗六祖慧能與北宗神秀，在五祖把衣缽給了慧能時，神秀的弟子追殺慧能多年，兩個不也都是得道高僧？是怎樣的自我意念與執念會讓得道高僧認為把想法不同的師弟除之而後快是所謂的正義？

「本來無一物，何處惹塵埃」，跟「時時勤拂拭，勿使惹塵埃」，表面看來，只是陳述事情體悟不同的簡單一件表相而已。

最後，在融資的過程中，我們面臨了一次一次的挑戰，感謝所有團隊成員，不離不棄的在戰場上，堅持到最後一刻，我

深深以能有一起面對風雨的弟兄而感到光榮與驕傲，我深深以我們的心血在世界上開始發光發熱感到欣慰。

融資後，是更大的責任，承襲更多人的期待與夢想，團隊變得更大，挑戰也更嚴峻，我們會更加的努力，Kneron 會成為一家偉大的公司。

初心不忘，開創格局，築夢踏實且行且珍惜

走著

最近算是快把公司真正從曾經的混亂，曾經的痛苦中，慢慢地理順，慢慢地帶回了正軌。

我們連續 3 季簽的合約，收入是大於開支的，我們……賺錢了，團隊、向心力、執行力都很夠，大家很像家人，一起熬夜，一起出差，一起吃宵夜，還因為吃路邊攤一起拉肚子，有一起奮戰的感覺，覺得有找回了初衷。

初衷，說到初衷是什麼呢？我們想建立自己的家園，想建立我們覺得可以好好作自己想做的技術，能沒有政治，能敞開心胸的去溝通，能真正在乎自己的團隊，也想過要作一個所

謂的社會型企業，在公司的成長過程當中，能用我們的獲利，去幫助社會弱勢。

在過去的一年裡，我們作了什麼？經歷過了什麼？

我們曾經即使坐著輪椅，在朋友的攙扶下，人生地不熟的，也飛到客戶那邊，一群人跟著工廠的廠工們一起生活，一起吃飯，一起學習著我們不懂的工廠模式與客戶問題；曾被霸氣十足管理著數萬人的總裁當頭斥罵；曾經一週飛 6 個城市，曾經連續 5 個多月，天天只睡 3-4 小時；曾經因為工廠的人不懂我們的技術，質疑、批判，數次的挑毛病，天天開會就在繞圈子，一次一次的討論，才慢慢的收斂，慢慢地做出了一點點小成果。

所有人前的一點點光環，後面需要承受的，是戴上光環的重量，深刻的重量，還有責任，深刻的責任。

有不是太了解事情的批判，有不是完全認同的質疑，有內部大家想法不同，曾經的激烈討，跟因為各地團隊時差不同，溝通不同造成的磨合。

我們的客戶，團隊成員，有來自不同的背景，不同的文化，不同的工作習慣，客戶有系統廠，晶片平台公司，互聯網公司，而每一個不同的單元，中間是層層的牆，文化的隔閡，工作習慣的隔閡，自我認知的隔閡。

牆的存在，隔閡的存在從來都是一個考驗，考驗我們多想要讓事情成功；考驗我們多想把事情作成；考驗我們，初心、初衷對我們來說是多麼重要；考驗我們在遇到挑戰時，有沒有毅力把挑戰克服；考驗我們，這趟踏出旅程第一步的夢想，對我們是怎樣的意義。

每個人跟人的衝突，都是考驗跟你衝突的夥伴，對你來說有多重要，跟考驗你是否有格局跟胸懷，讓自己能更成長，更願意用不同角度來傾聽來分析不同的事情。

每次的格局跟胸懷的提升，都是一個痛苦的過程，從內而外的內心先痛苦自省，才能由內而外的成長。

今天一個朋友轉了一個不認識的網友對我們的評價：

「剛聽到有個台灣做 AI 超強的團隊，就立刻去 Google 他了。沒想到搜尋出來第一篇不是吹噓他們公司有多誇張，而是一篇〈希望回到初衷〉的專訪。他遇到的，的確就是我常看見的創業團隊的問題。參與過多的聚會、終日待在鎂光燈下、被媒體誇大報導等等。他的回答可以看出是個台灣長大的人，很華人，很念舊。我覺得台灣人就是在這一點有優勢，只有這樣懂得反省、保持初衷，才能走的長久。」

看到之後，心中是五味雜陳的，有感謝，有痛，有曾經的歡笑，有曾經的煎熬。

感謝，曾經的委屈，或者曾經的苦難，或者曾經的錯誤，曾經的折磨，曾經的試煉，讓我們在受過傷後，變得更強壯，變得更堅強，變得更感謝更珍惜目前的團隊、目前的機會、目前的一切。

少年

回憶一下一年前那段日子的一點點片段。

曾經在一週內，進了急診室兩次，同事去醫院載我出來時，我在那一整週，硬撐著去公司上班，整公司的人，都知道我天天在廁所吐，一天吐個 3-4 次是很常見的。

曾經痛得一整週，只睡了 5 個小時，後來到醫院硬打了安眠藥才得以安睡。

曾經在開會時，我站在會議室的中間，讓大家批判、質疑，連續開了 2-3 天的會，一個一個的把事情疑問和誤解一一釐清。

在所有人都想放棄時，我們把大家重新凝聚在了一起，再次啟程，走得比之前更堅強、更無畏，*願你出走半生，歸來仍是少年*。商場上，很複雜，即使你誰都不犯，競爭對手，別有用心的人，也隨時會準備著各種方式，想盡辦法的把你打垮。

那陣子很常聽五月天的〈頑固〉，是少年的初心，夢想，跟即使被人誤解也想用行動證明的決心，使我們從混亂的地獄中慢慢的爬了起來。

體驗

為了仔細思考與釐清事情，我去了公司剛成立時，在聖地牙哥借用的慈濟會所。

當時我們什麼都沒有，幾個人在會所自己煮麵，自己寫code，沒有爭吵，沒有意見不合。

我去了我們以前在墨西哥社區，看我們以前經營的志工學校，我們是怎樣的理想，想離開大公司的舒適圈，出來吃苦奮鬥，確實是那傻氣的初心

我把公司得過的獎，和以前出差剛回來時，同事們簽名給我打氣的衣服掛了起來。

我把公司成立到這陣子的一張一張照片，一次一次的看了幾次，回想我們當時是怎樣的原因，哪個人是怎樣的夢想，加入了我們，仔細思考事情的本質，從各種角度去分析每個衝突是如何發生的，每個誤解，是如何產生的。

我去了北京的皮村，一個在大城市裡，被遺忘的窮人社區，回想當年踏出第一步那想要改變世界的豪情。

人生若只如初見，何事西風悲畫扇。

即使人生不再如初見，初見時的那份初心，仍應該深深地繞在心裡。

改變

在這段時間，我們做了哪些改變呢？

企業的本質是獲利賺錢，能賺錢的計畫，我們就第一時間接下來了。

企業的核心是文化與人，所以我們花了很多心思在打造人與文化。

技術型企業的本質是了解需求，所以我們把團隊成員送到了客戶旁，一起生活，一起工作，客戶是工廠，我們就體會工廠廠工生活，客戶是互聯網常加班，我們就一起加班。

我是唯一一個，在浙江衛視「我是創始人」節目裡，自願被淘汰的，我跟大家說，我的團隊需要我，所以我飛回了美國。

我們有 10 個月的時間謝絕了所有媒體的專訪，專心的在我們的技術開發，放棄了光環，踏實的回到了我們的技術本業，公司是技術導向公司，技術是我們的本質，也是我們的根本。

有陣子，我甚至很害怕把採訪稿寫得跟我實際陳述有時間差異或理解差異的媒體，但尊重媒體的報導自由跟不給校稿的特色，只好乾脆謝絕所有專訪。

我們每天把午飯帶到公司一起吃，吃飯時是最容易讓大家能充分溝通的時候。

更多的 1 to 1 meeting，我們更瞭解了彼此。

每兩週大家一起打球，一起去戶外活動。

每兩週，我們舉辦技術交流會，讓每個人輪流當會議發言人，介紹我們關注的主題，我們想了解的技術。

我們更了解每個團隊成員的背景，喜好，特質，更知道每個夥伴的哀傷，歡喜。

曾有一個同仁因為到珠海出差，女兒視訊跟他撒嬌，我們就為他調整讓他每兩週回家去陪家人，也曾因為一個同仁生病了，我們就讓他請了一個月的假。

我把我的高中同學，大學同學，研究所，甚至工作之後認識的好友即時找過來幫忙。

因為認識夠久，互信足夠，對彼此的能力熟悉，所以減少不必要的磨合時間。

我們把面試的時間增加到一兩個月，面試也不是只考技術，是對他的人品，工作的期待，人的相處方式，都經過數次，長達數週數月的了解，才找進來。

為了建立更完善的團隊，我們建立了簡單的法務，HR，marketing 跟商務團隊。技術是公司的根本，但完整的公司是需要所有健全的每個元素，才是家健康的公司。

為了更有效的溝通跟了解彼此，我們更頻繁地在不同分部來回，有時也會交換不同團隊成員到不同分部，**穿過別人的鞋子，才更能體會每個角色的酸甜苦辣和委屈。**

了解每個團隊的進度，但尊重不同團隊的專業而不干涉。

公司的本質是人，人對了，公司就對了，我們在團隊成員的挑選，一開始過來的期許花的心思更多。

多方溝通，多角度的看事情的本質

合作的本質是溝通，溝通的本質是理解從不同的角度看同一件事，不堅持自己的本位主義，多看不同角度，看清事物的本質才決定。為了更有效的溝通，1 to 1 meeting 跟一次多個人一起討論事情，只陳述彼此看到的面，只陳述事實，才做決定，看清本質才動，人都有軟弱、有負能量的時候，團隊一起互相提醒，擁有正能量，凡事以公司角度去思考去看事情。

創業的本質是求同存異，不過度堅持自己的想法。

不定期請教更有資歷，更有格局的前輩，遇到問題多跟他們請益。

找了幾個在江湖上成名的大佬，問了他們很多我們遇到的問題，後來才發現，大老們的成功過程，都是歷經風雨的，都是艱辛困苦的，一個一個讓自己跳脫格局，一次一次成長後，才有著今天的他們。

不貼人標籤，也不貼自己標籤

人都會因為成長的過程中，對事物有自己的喜好跟看法，把自己的格局框架打掉，才能有更廣更寬的格局跟視野，框架跟標籤，都是限制自己成長的桎梏。

最後，Kneron 的成立過程，遇過很多挑戰，我們是很辛苦的一次又一次的捧倒了，爬起來了，一次一次的用心在經營這間公司，我們不完美，但會盡心盡力的維護團隊的心血，會努力得讓公司變得更好。我們是承襲著每一個加入夥伴們的期許，夢想跟心血的團體，為了回報這些真心跟真性情，我們永不放棄成長，永不放棄變得更堅強，變得更強大。

附帶幾句最近的體悟……

川

川是一家在自己領域獨霸一方的公司 CEO，他曾是技術人員，本質跟我很像，他老是跟我說，他是少年，他曾在公司

成功前歷經很多低潮，Kneron 在最低潮的時候，他曾飛到美國見了我們團隊的核心成員，給我們打氣，仔細分析了我們所有經歷。

我曾問他說，我們認識不久，是什麼讓你這麼相信我？

他說，在相處過程中，大家會追逐鎂光燈，大家會為了成功而努力去使手段，但看到你覺得你大部分空擋會跟在遠方的團隊打電話，知道你心繫的是團隊，別人穿得光鮮亮麗，你穿著一件老舊的破風衣，舊鞋子，背包打開是論文，跟一堆藥，知道你是踏實在作事的人.。

（甚至在 ARM 大會上，我也是唯一一個穿破涼鞋接待上海副市長的奇人）

你常常跟團隊開會，這代表你是勤樸作事的人。

上次腿瘸了，撐著柺杖還是搭飛機過來談合作，代表你不是輕易放棄的人。

凌晨常常還回訊息，代表你是負責的人，勤樸跟負責跟能吃苦的人，做什麼事都能成。

工程跟商業的遊戲規則是不同的，但不同遊戲規則下，需要踏實作事跟負責任的本質是不變的。

曾經看到一個同仁在擔心小孩的學費，看到高中同學、大學同學，把工作辭了，二話不講就來幫忙，承襲著這一切的一切，還有些前輩的恩情，能做的就只是讓自己、讓團隊都更加成長、更加成熟，讓我們變得更好，用真心還真情。背後扛著數十個有各自家庭、各自夢想的責任，時時刻刻想著自己的責任，就覺得有力量跟不畏懼眼前的各種挑戰。

踏實走好自己的路，好好面對各種不同的挑戰跟批判。

對萬物萬事的憐惜跟尊重，才是真正的敬畏，有了敬畏才能踏實，才能面對現實，面對了現實，才能帶著匠心，作出影響世界，改變世界的精品。

幾個鼓勵團隊跟自己的短言：

1. 你永遠不知道在別人嘴中的你會有多少版本，也不會知道別人為了維護自己而說過什麼去詆毀你，更無法阻止那些不切實際的閒話。

而你能做的就是置之不理，更沒必要去解釋澄清，懂你的人永遠相信你。
我最喜歡的一句話：如果你沒瞎，就別從別人嘴裡認識我！

2. 做人最好的狀態是懂得尊重，不管他人閒事，不曬自己優越，也不秀恩愛。你越成長越懂得內斂自持，這世界並非你一人存在。

做人靜默，不說人壞話，做好自己即可。不求深刻，只求簡單。

你活著不是只為討他人喜歡，也不是為了炫耀你擁有的，沒人在乎，更多人在看笑話。你變得優秀，你身邊的壞環境也會優秀。

人活著，沒必要凡事都爭個明白。水至清則無魚，人至清則無朋。跟家人爭，爭贏了，親情沒了；跟愛人爭，爭贏了，感情淡了；跟朋友爭，爭贏了，情義沒了。爭的是理，輸的是情，傷的是自己。黑是黑，白是白，讓時間去證明。放下自己的固執己見。

那些裝成堅強、從不會懂得認錯和讓步的人，內心往往都充滿著嫉妒、狹隘，很難讓陽光照進他們的心靈。人與人之間，多一份理解就會少一些誤會；心與心之間，多一份包容就會少一些紛爭。不要以自己的眼光和認知去評論一個人，判斷一件事的對錯。不要苛求別人的觀點與你相同，不要期望別人能完全理解你，每個人都有自己的性格和觀點。人往往把自己看得過重才會患得患失，覺得別人必須理解自己。其實，人要看輕自己少一些自我，多一些換位，才能心生快樂。

面對誤解，我們就用時間跟努力去證明，不需辯解，金子不會因為你潑了泥就變泥巴，泥巴不會因為你跟很多人說它是

金子，就變金子。真金不鍍，內省敬畏，踏實前進，時存匠心。

皮村

第一次到皮村，是在新春後不久，北京的街頭年味濃厚，細雪紛飛，我們到合作夥伴那商討將要開啟的合作，跟怎麼幫合作夥伴到美國上市，跟合作夥伴上市過程中，我們該扮演怎樣的角色：社會型企業。

Kneron 雖很小，但我們一直想作一個社會型企業，社會型企業，是隨著公司的成長跟獲利能回饋給社會，同時帶正向的資源給社會弱勢族群的企業，期待跟鼓勵夥伴們能在工作之餘，定期地去附近的城市參與些志工活動，因為當時談的合作談判過程，會有機會讓我們獲得一筆比較大的資金，基於成為社會型企業的初心，所以我們想在中國境內公司的章程內寫入獲得大筆資金的定期合適捐款對象。

皮村的流浪兒之家，在大年初七的一個晚餐裡，合作夥伴跟我們提起了這個地方。

皮村在哪裡？皮村歸屬北京的朝陽區，朝陽區對常跑大陸投顧的人們，是個不陌生的地區，朝陽區有著一片一片的金融大樓，有著數間國際知名的投顧，有國際知名的奧運村跟人民日報總部，也有著名的北京首都機場。在首都機場開車約20分鐘的路程，旁邊的建築越來越低矮，甚至有些路面都不再是柏油路，人的穿著也不再時髦，在大雪之後的皮村，路面的雪堆是淡淡的咖啡色，兩旁的建築是2-3層樓的小土房，很難想像它是屬於繁華的北京城，去皮村的那天早上，我們在合作夥伴座落在中關村清華大學旁的總部大樓。

繁華的大樓再到土房林立旁邊都是民工的皮村，是很強烈的落差，春暖還寒，仍帶著凜冽的北風陣陣吹襲，土房中的一點點炭火燒紅的餘溫，是我們對皮村的第一印象。

旋舞。

流浪兒之家的門口，放著幾個大袋子，裡面不知道是垃圾，還是落葉，看著鼓鼓的，門口的招牌，有著電影中40年代裡很常見的手寫招牌「北京朝陽區同心實驗學校」。
地面不知道是什麼原因，有著泛黃的斑駁，深深的，似乎看來怎樣刷洗都洗不掉的斑駁。

流浪兒之家裡，有定期來這幫忙的大學生志工，也許因為還是新年假期，並沒有太多大學生在這，裡面有學生的住宿區，住宿區門口有學生看來很舊很舊的餐具掛在牆上。

實驗學校裡的學生，有各種來源，有的是北漂的民工子女，有的是發起人從北京市區中領養過來的不知名小孩，也許來自農村，也許來自醫院棄嬰的孤兒。

參觀的那天，有個叫做櫻的5歲小女孩，穿著厚厚舊舊的綿襖，泛紅的雙頰，看到我們，就在開心的一直轉、一直轉、轉著、轉著……破掉的綿襖裡偶爾會有破棉絮飛出來。

雖然稚嫩的臉龐尚小，小屋簡陋，在屋內炭火輝映下，頗有「桃花流水窅然去，別有天地非人間」的感覺。

朋友告訴我們，這裡的學生一個月的教育經費，大概是 30-50 元人民幣，跟早上在清華時，聽到幾個朋友在規劃給小孩上才藝課動不動幾千人民幣的感覺，似乎是在兩個不同的世界。

回程時，下了一點雨，氣候還沒全部回暖，所以是雨絲跟雪花混雜的在車窗上拍打著。

楊花榆莢無才思，惟解漫天作雪飛。
沾衣欲濕杏花雨，吹面不寒楊柳風。

創業後，總常常有著心中百感交集的感覺，曾住在很高級，最頂級的旅館，也住過偏遠鄉村為了趕行程臨時一晚 30-60 元人民幣的小鎮，看了各種不同的人，在資本金字塔頂端的，在最底層努力在求生存的，有很自我主觀，自我意識很強的，有一切都不在意的，有一切都斤斤計較在算計各種利益的，有在意精神支持的，人生百態，就是酸甜苦辣，五味雜陳混在一起的，就跟當天的天氣一樣，乍暖還春，有著火爐的餘溫，又有著街道上的凜冽北風，

和，朝陽區同時有的金融大樓，與皮村。

格局與氣量

過去的一週，聽了馬化騰、施一公、錢穎一、張守晟的演講，也跟幾個業界有名的成名人士當同學，一起上了幾堂課，課堂中間，到清華旁邊好友的公司頂樓，跟他聊了整個下午的天。

最大的感觸就是，感受到格局與氣量的洗禮。

大師，大老們的氣量，是這麼的強大，這麼的印象深刻，能成為今天的他們，確實都有獨到的地方。

所有成功的背後，都不是簡單的偶然，人前的光鮮亮麗，背後都是無數的傷疤，委屈，跟從苦難，誤解中，一個一個掙扎起來的歷程。

施一公用物理跟平行時空理論，告訴著我們，看事情，需要看清事情的本質，才能作清楚的判斷。課堂的一開始，就告訴我們：「這世界，是不存在真理的。」真理，只存在主觀的意識裡，同樣一件事，一個物件，從物理層面看，光跟分子的隨機運動，每個人接受到的是不一樣的，意思是說，我看到的藍色，跟張三看到的藍色，是不同的，我心中的藍色，跟張三的藍色，也是不同的。並說了，人所能感知的訊息，占世界真實的訊息不到 13%，宇宙空間中，充斥著大量的暗物質與反物質，並說明了，三維空間跟四維空間和多維空間的不同。聽著聽著，覺得如癡如醉，似乎在聽科幻小說，跟整個宇宙、物質空間相比，人，其實很渺小很渺小，我們所獲取的訊息，又是這麼的稀少，又如何能狂傲的認為，我們所知的是真理與事實？又如何能狂傲去評判各種認為的真理？

於是，施一公用著物理跟我們解釋商業道理，作任何事情，不能有任何先入為主的觀念與認為自己看到的聽到的是全

局，因為，我們人的感知，最多也只是片面的訊息，「眼見，不一定是真」，「耳聽，也不一定為實」，多麼真切的道理。

曾有一件事情，去年的，前年的，我所理解的，認知的，隔了一陣子再次回顧，因為所知不同，體驗不同，想法不盡完全一樣。

凡事帶著謙虛的心，從多方多點去看清事情本質，但知道所知所聽，都只是部分，繼續帶著謙遜的心，持續成長，眼見所聽，皆是片段。

也因此，需多給各方留點餘地，凡事不做絕，因為當時的判斷，不全為真。

張守晟的課，身為跟王康隆一起發現天使粒子的他，同時也是史丹佛著名的 VC 跟教授，教會了我們影響力與抓住重點，化繁為簡，一即是全，全即是一……（聽起來很像鋼鍊 >_<）

影響力在於，人在世，最重要的，是把自己的理念，理想散布出去，因為人生不是永恆，只有影響會持續擴散。他很高興自己能是一個老師，因為是老師，所以可以把自己的理念傳播出去，一即是全，萬物的道理，很複雜，不可能全精，但分析事物的方法，理性客觀，跳脫自我的方式，可以抓穩，抓穩了分析事物的方法，即是抓住了一，有了一，就能應用在全部的事物。我們所需熟悉的，是解決事情的能力，分析事情的方法，而不是一門技術，或一門領域，這個世代，跨界是需要的，他能當好老師、研究者、學者、投資者，正因為他熟悉了，分析事情與解決事情的能力。

馬化騰與錢穎一，教會了我們，開放的心胸，與時時內省的態度，之前曾經發生騰訊與 360 商戰，騰訊被業界冠上抄襲、偷學、壟斷的名聲，馬化騰曾經花了很多天自省，後來他招集了許多媒體記者，到騰訊內部開了一整個下午的會，讓團隊一個一個做筆記，讓各個記者批評。是怎樣的勇氣，能讓一個領導者，站到中間，接受大家的批判？

因為自省，因為想要讓公司整體能更加強壯，與更加成功，馬總告訴我們說，過了數年，他自覺這幾年來，騰訊越來越開放，也越來越把當年的批判一個一個變得更好了。

但公司越大了，他更加的越加小心，更加用心。

這幾天還有怎樣的體悟呢？有許多話，從同學的，從老師的，都深深地烙印在心裡。

聽到同學們說著創業過程中走過的坑，受過的苦，不輕易放棄的決心，深深地在心裡呼應著，人心是貪婪的，人心是不完美的，人性是有他的負能量的，而我們創業者，所需的，是教會大家，影響大家，將大家的正能量喚醒，把各自縮小，放眼大局與全局，讓大家彼此換位思考，同理著夥伴們的辛苦，互相扶持，讓公司漸漸茁壯，大家的夢想能成功。

精神跟格局，都在這幾天歷經了各種洗禮。

中間偷閒，去找了之前幫助過我們在清華旁的成名大佬，他為了從住的地方趕過來，出了一點小車禍。他說，以前他也

是技術出身的，剛接公司 CEO 時，他很不能適應，因為他是技術要求很細膩的技術人員。有天他要挑選去 Google 談合作的人，有兩個人選，一個是清華年級前 5，某省的省狀元，技術很高超，有著技術者的驕傲，另一個是清華大學剛畢業，成績不是太好，早早就到社會上闖蕩，說話很甜，照顧好每個人的感受。當時剛從 CTO 轉接公司 CEO，他認為到 Google 談合作，就是技術越好越重要，所以他派了技術高手去，談的過程很不順，他們為了個總技術 spec，大吵數架，談了三週後，回來報告，說著 Google 看不起他們的技術，規格不退，什麼評估不確實，對方不聽勸告……等等等。

後來派了另一個人去，一週左右回來了，談的條件特別的好，Google 也很高興。

第一次去的人，很不高興，也很不服氣。

其實，商場上，技術上，各自有各自的專長，有著自己領域上的藝術，商業上有商業上的規矩，他們其實用他們的方法，做得挺好的，只是我們技術出身的，不見得馬上看得懂

就是了，商業上講求的，是在各方的人性中，取得平衡，而技術，講求的是確實與精實。

數天的清華行，認識了很多好友，視野開闊了很多，我們一樣的，在他們所謂的創業叢林裡探索，叢林裡有未知的兇猛動物，也有願意一起探險的夥伴，也有光因為你的存在，就想把你作掉的競爭者，不是因為你不犯人，別人就不攻擊你，能做的，就是小心謹慎，看清事物本質，跟著夥伴們，一步一步的克服各種危機，各種挑戰，互相扶持

我總相信著，創業者，創業的作人道理，是創造一個理念，影響著一群人一起追尋這個理想，是創造著一個環境，讓在這個公司的人，可以發揮自己的特長。

我們總會有那一天，隨著我們累積的傷痕，淚水汗水，變成百戰沙場的大將，將公司變成一間偉大的公司，像他們一樣，在台上閃閃的散發著影響鼓動他的人光芒。

企業價值觀——初心

寫在台北時間凌晨 3：57am。

剛完成了連續幾週的密集拜訪客戶、投資人的行程。

剛準備完了兩個簡報，再過 5 小時投資人要的資料。

包含市場分析，競爭對手最新的動態。

剛準備完再 10 小時，

部長要來公司參訪的簡報跟 demo。

剛回完再 14 天要大批量 tapeout 的某晶片產品，對方高層要求改的最後幾個 issue 和 review，和另一個剛推到市場上某產品剩下的幾個 issue。

過去幾週怎麼過的呢？

我們平均一天見了 5 個潛在客戶跟潛在投資方。

從一早 7 點出發，

到晚上 11 點都還在談。

那天在深圳，

我們深圳的 office 負責人，

到我們客戶方的辦公大樓，

幫我們準備了一台車接我們。

本預計 10 點到，

我們談到 11 點才下來，

錯過了 7-8 通電話。

後來我們就自己叫車回了旅館。

創業後，

常常覺得隨時在打仗。

稍微緩一下，省思一下目前的狀態，

世界各地的對手們，

就又有了新的進展。

客戶那競爭對手的各種廝殺，

就讓我們又得繼續的打起精神，

好好的再整軍經武，

再繼續加快步伐。

剛剛在整理簡報時。
不小心翻起了公司剛成立時寫的一些感言。
仔細省思我們成立公司時，
希望建立怎樣的文化，希望建立怎樣的環境。
隨意寫下：

警醒自己踏出的每步是否在想走的方向。
感謝各種磨難，各種理想。
讓我們在這時代中，
恣意的揮灑。

商場上，看盡各種人性的貪
與現實，
與為了利益的爭奪。
這些爭奪，有時會讓你對人性失望，
會覺得世界上怎樣都會有那怎樣也不會認同你，或怎樣都會
有些為利益使小手段的各種人存在。

而就像世界有陰影存在，

也會有陽光。

我們能選擇的，

只能用正面態度去面對這一切。

感謝世界的現實，

與人性的殘酷。

因為這些讓我們體會到人性真摯的可貴，與一群人不畏懼

挑戰，在戰場上恣意揮灑的豪情壯志。

感謝——在已能被稱為大叔的年紀，還能重溫中學一群人在

球場上揮灑青春的感覺。

灌籃高手篇

初中時，上課很愛畫畫。

畫了很多當時很流行的卡通人物。

桌上的桌墊，放了一個自己畫的愛因斯坦，跟各種《灌籃高手》人物的隨筆。

寫了這幾句話，因緣巧合的，

在創業前幾天，回台北老家時。

整理雜物找到了這張隨筆：

我想，

追求著一群人一起奮鬥的感覺。

雖然團隊有意見不一樣，

一到球場，戰場上，

我們就是一群要打贏球。追求團隊榮耀的夥伴。

——這就是我們的初心吧！

直到最後一刻也不能放棄希望，一旦死心的話，比賽就結束了。

初學者邁向高手之道，首先應該了解自己的不足之處。

因為挑戰才是他的人生啊！

我就是三井，一個永不言棄的男人

老爹最光榮的時刻是何時？是成為國手的時候嗎？我只有現在了

事到如今，我們很像目睹歷史改變的那一刻。我也很想目睹又一個美麗傳說的誕生。

當然，當年我們成立 Kneron 時，

寫得不是這麼孩子氣的熱血隨筆。

這些是當時寫下來的。

1. 以人為本：公司的本質是人。公司的價值也是人，團隊
   絕對是公司最重要的基石。提升，培養，珍惜團隊的意
   見，想法，絕對是公司提升價值的最重要基本。我們希
   望尊重多元文化，致力用統一的價值觀來整合不同背
   景，不同經驗的員工，員工是我們的夥伴，夥伴的本質
   是，我們互相體諒，互相扶持，一起成長。

2. 客戶第一，團隊第二，投資人第三：客戶為公司創造價
   值，創造利潤。我們需要第一時間回答並關照客戶的需
   求。多與客戶溝通，理解客戶的需求。

3. 作決策時，不能與公司價值觀抵觸：公司價值觀是企業
   努力的方向，是公司的戰略規劃，不因公司成長茁壯而
   迷失，企業使命主要決定公司往哪走，主要幫忙提升人
   的生活，創造價值。公司的成長，需要不斷調整自己
   （擁抱市場的改變）但又一直堅持自己的路──永遠不
   把賺錢當做第一順位，而把創造價值當做第一順位。

4. 當好的雇主：人才是公司的本錢，公司的本質是人。希
   望公司的每個領導，用欣賞的眼光看他帶領的夥伴。員

工是我們的夥伴，一起追逐夢想的夥伴。管理層的責任是讓公司有一個好的平台跟環境，讓奮鬥的員工有成就感。有願意挑戰困難問題的勇氣。並讓團隊彼此能發揮彼此的優點。Cover 彼此的缺點，讓努力者能有成長的機會跟好的激勵，人性有灰色黑暗的地方。也有光明互助互相成長的一方，領導者的角色，是激發人的正能量，抑制人的負能量。當正能量互相影響時，團隊才能正向的發展。

5. 創業公司，是學習公司，而不是技術公司：我們一直不斷學習，不斷成長，不斷省思，不斷讓自己更好。因為我們變得更好了，公司就變得更好。團隊要彼此讓夥伴們都變得更好，我們是一群平凡的人，但我們終將創造不平凡。

寫完時間：台北時間 4：45am。補眠兩個半小時候。再繼續一早的征戰！

願，常心懷感激。願，不忘初心。願，每當有挑戰時，能時時內省自己與當時踏出旅程的那個我們。

清華園的那一天

這陣子在清華經管學院上課，

每天一大早走幾公里去學校，

聽各個同學分享自己創業的點點滴滴。

聽幾個大師教我們如何分析財報，

如何讓公司體質健全。

同學有各個領域的幾個知名獨角獸：

摩拜，

商湯，

富途證券，

知乎，

雲之聲，虎嗅網……等等。

創業的過程，每個人都大相逕庭，但共同相同的，

是我們都在探索著未知的未來。

並凝聚著一群一起願意追逐夢想的夥伴們，

努力的在往前走著。

思考方式的洗禮

其實對我來說，

課堂上的歡笑，

或者學習，

並不是我覺得最能學到的東西，

而是下課後，

大家三三兩兩聚在一起，

一起閒聊的創業過程。

震撼，是因為外表上的風光或者名氣背後，

都是一個一個的血淚史，

跟跌倒，站起來，

再跌倒，

再站起來的過程。

有人找了一個合夥人，
合夥人一整年不做事，
天天在公司批評他，
花了很大力氣才把合夥人清出去。
有人找了幾個高手來幫忙，
高手挖了幾個他團隊的，
就出去另外開一間公司。

當然還有數之不盡的商場欺騙，
和說一套最後作一套，
不按之前承諾走的各種事，
還有各種各說各話的紛爭。
商場上，不實的抹黑與欺騙，合作方與各種團隊成員是需
要謹慎選擇的。

太陽底下，真沒新鮮事。

覺得，
創業兩年多後，
體會到的是：

創業並不是一種職業，而是一種把事情做到極致的態度，一種哪怕全世界都嘲笑，只篤定自己的信仰。
帶著夥伴們，
不放棄各種挑戰，一個山頭一個山頭地去征服，這些都做到了，你就是在創業。

一些小小的體悟：

成長

不是多少財富，而是可以影響和幫助多少人成長。
企業的本質在人，找到好的夥伴，並能正面影響的把大家凝聚在一起，讓大家一起互相成就彼此，是創業中不可或缺的。

方向

一個初創公司，不是一個技術公司，而是一個學習機器。
人的價值，不在於自己處在於哪裡，而是正在往哪個方向前進，勇敢不是不害怕，而是心中有信念。

有很多時候，大家都不知道未來哪個方向才是一定正確
的。
有時對的方向，
沒有強而有力的執行力，
也是功敗垂成。
錯的方向，
因為很強的執行力，
也有可能柳暗花明又一村。
過於執著的爭論方向，
不如凝聚人心，
好好奮戰一把。

上下同欲者勝。
道者，令民與上同意也，故可以與之死。可以與之生，而
不畏危也。

——《孫子兵法》

夥伴

大學之大在於大師，
企業之強在於強人。
企業的本質是人，
要增強企業的競爭力，
就得增強團隊的成員。

跟同學聊創業過程時，
回想去年這時，公司風雨飄零，剛剛有機會可以拿下某企
業的一個百萬美元的單時，我們團隊被要求在過完農曆
年，飛到客戶那跟客戶一起生活了大半年，
並與一個已跟客戶合作了大半年的強大競爭對手，
一次一次 PK。
好幾次，在客戶那工作到晚上 10 點 11 點，
大家一起走出來吃宵夜，
那時，
對未來迷迷濛濛，或者擔憂時，
團隊都會在一起踏著月光，
一起吃宵夜，

一起拉肚子，
第二天在彼此把彼此叫起來的趕工中，
不知不覺的被拋到了腦後。

專注著腳下踏穩的腳步，無懼挑戰，
持續奮鬥，持續創造價值。
勇敢不是不害怕，而是心中有信念。
有不輕易言敗，永不放棄的信仰。

年初過年時，我們一起度過公司最困難時光的幾個團隊成
員一起到台北辦尾牙。

當大家在分享那段怎樣堅毅，怎樣辛苦，都沒放棄的時光
時，有好幾次，
我的心中，都是震撼似的澎湃。
心中有股電流在流竄著，
這些是我的弟兄！在戰場上再辛苦也沒放棄過彼此的弟
兄。敵人怎強大，我們怎不被看好，卻都還是堅守在一起
的夥伴跟弟兄。

如果心中有個可以對比的印象，那是千軍萬馬的夾擊，而我們只剩幾個弟兄浴血奮戰，卻讓我們一次一次的殺出了重圍。並搶下了勝利的大旗。

如果你問我們，
為什麼很困難了，
還是在那堅挺著？
因為夥伴們都還在一起浴血苦戰，
大家都還在熬夜打拚著。
所以我們在一起努力打拚時的熱情跟熱血，
其實已讓你忘記所有其他的其他。

我們團結，我們堅毅，我們無所畏懼。所以我們一次一次克服挑戰。所以我們走到了今天。

如果你們願意團結一心。
一切皆有可能。

I really mean it。
一切！

Kneron 最近又將要跨入另一個階段。

我們團隊人數也要到百人以上了。

有更多更強的高手一起加入了我們。

我們一次一次在痛苦中蛻變。

一次一次打破了框架，並且堅不可摧。

這兩年見了很多格局很大的前輩，吸引了很多高手一起逐夢。珍惜著這樣的機緣，我們會用心中的熱情，奮力地去改變這個世界。

江湖

少年聽雨歌樓上，紅燭昏羅帳；壯年聽雨客舟中，江闊雲低斷雁叫西風。

而今聽雨僧廬下，鬢已星星也；悲歡離合總無情，一任階前點滴到天明。

小時候，讀金庸小說，覺得喜歡的是快意恩仇，千里不留行，一劍光寒。

喜歡亢龍有悔的簡單古樸，潛龍勿用的沉潛。凌波微步的輕盈。和獨孤九劍的快意。

越來越大後，

越來越喜歡的是武俠中無為無我的大氣，與重情重義、重視夥伴情誼的責任。

郭靖的俠之大者，

為國為民。

江南七怪為了守一個承諾，

在大漠飄零了 18 年。

楊過為了守 16 年之約，

毫不猶豫的跳下斷腸涯。

創業後再讀金庸，喜歡的是武俠中的灑脫。

喬峰在面對幫中馬夫人散布謠言，引眾人反他，

卻為了幫中長老每個人的功績，

豪不猶豫的對自己用刀刑，

一個一個免了眾長老的罪行。

壯年聽雨客舟中，江闊雲低。斷雁叫西風。

那是可以一唱三嘆的情懷。

而今聽雨僧廬下。鬢已星星也。那是引盡人世間風霜的超

脫自然。

有人的地方就有江湖。你要如何退出江湖？

仗劍行俠莫須理，唯衷唯心無悔行，但求心之所安。

創業後再讀金庸，覺得武俠講的，

是江湖，是人性，是現實的人生。

現實的人生跟江湖，不一定是有理的。

人性是多元的，你會遇到像成昆一樣躲在後面挑撥六大派攻打明教的惡徒。

也會遇到像金毛獅王一樣，不修邊幅，尋找自己的真義與真性情。

有像名門正派一樣的，處處拘謹的少林方丈。

也有漂泊四方的高人黃藥師，跟突然在華山上遇到的瀟灑洪七公。

也有傻人有傻福的石破天，

跟沉淺的岳不群。

事情的本質，也常不是當下能看得清的。

當歐陽鋒殺了江南五怪，嫁禍給黃藥師時。

當宋青書殺了武當七俠莫聲谷，嫁禍給張無忌時。

抱著委屈，

要在複雜的江湖中，把失去的名譽證明回來時，

常常不是一條簡單的路。

令狐沖可以不要華山首徒名分，可以不要五岳掌門風光。不要日月教主的尊位，在笑傲江湖琴譜不見時，遭受眾人白眼猜忌，受盡委屈而不移志。

縱橫自在無拘束，心不貪榮身不辱。在複雜的江湖裡，秉持自己的道，跟踏上旅途的初心。富貴不使自己心志迷亂，貧賤不使節操改變，不因強力使人格屈服。秉持初心，無我客觀的看淡一切。抱持善念對待每一個夥伴，多結交志同道合的好友，才能在險惡的江湖中，走出自己的道路。在紛雜的江湖行走與複雜的人性中，心，是看清楚一切的根本。

Changing world, what's your unchanging promise?

初心 and 信念

Kneron

幾天前，跟團隊正式宣布成功融完另一輪融資，由國際的一線 VC 領投了這一輪。第一句話，是希望團隊跟身邊的人說一句：謝謝。感謝身邊的夥伴，讓我們能成就彼此，一起前進，建築自己的夢想。因為這個夢想，帶我們聚在了一起，一起克服一個一個的挑戰，走到了今天。

Kneron 是一家特別的公司，因為我們融合了 3 個很大的隔閡。

第一個隔閡，是公司在成立沒多久，我們就在大陸、台灣、美國三地都成立了公司，並且三地都有不小的團隊。這三地的文化差異是不小的，要成功磨合這三個地方，挑戰是很大的。

第二個隔閡，是公司在成立沒多久，我們就有做晶片等級的硬件團隊，跟做應用等級的軟件團隊，軟件跟硬件的訓

練思維差異是很大的。要成功讓訓練思維不同的兩組人理解彼此也是很大的挑戰。

第三個隔閡，是我們有很有經驗的前輩（有 20 多年的老前輩，在大公司擔任 VP 職位經驗豐富的前輩），也有很年輕剛從學校畢業有幹勁的青年。

這三個隔閡，造就了我們的 DNA 裡，有尊重，有理解，有體諒，跟有願意傾聽的文化，是願意放下自我，而以公司為大局，回看審視自己手中每一個決定的包容文化。

創業的本質，是求同存異，很少有一個決議會讓所有人都滿意。

這三個隔閡，是深埋在心裡的。美國喜歡自由與法治，中國大陸講究人情，台灣因為半導體生態，習慣保守與謹慎。年輕人喜好打拚，會覺得老人頑固與保守。老人覺得年輕人不謹慎。軟體開發週期快速，很難理解研發與硬體需要細細打磨。

願意打破框架，打破成見，打破自我，時時願意用客觀的第三者角度來審視自我，是願意讓自己一步一步把框架打掉，一步一步成長的試金石。

每次打破框架的過程，是痛苦的，也是挑戰自我的試煉，但蛻變之後帶給我們的，是更加強勁地隊伍與更加有競爭

力的團隊。

突破第一個隔閡，讓我們的 DNA 裡，有美國的頂尖創造力人才，有台灣強勁的半導體實力，有大陸廣大的市場。

突破第二個隔閡，讓我們有軟硬一體完整的產品設計。硬件為軟件的算法作客製，精簡的 optimization 讓我們的產品能從應用端到最底層的硬件，有完整的供應與效能。

突破第三個隔閡，能讓我們有具備年輕者的熱情與年長者的經驗，讓我們能有舞台讓年輕人揮灑，讓彼此都更加的成長。

但，相伴而來的，是每每突破一個隔閡所帶來的痛苦。

過去的數年，我們經歷過了什麼呢？經歷過了曾經因為團隊溝通不良大吵了一架（在好久好久之後，在大家都冷靜後，我們謹慎地對比了彼此的資訊，發現源頭在於彼此認知與資訊不對稱，與內部因為公司還小資訊管控不嚴所引起），公司最慘時曾只有一個人去上班，一個在出差，我在住院。我的薪資調整為 0，一大半團隊減薪。

經歷過我們突然被客戶告知，給我們一個機會，讓我們在一個月內拿出競爭 demo，PK 我們的競爭對手。而競爭對手已跟這個客戶合作了半年以上。當我們籌組剩下的零散團隊，只有可用的 7～8 個人。到了客戶那，對手有一個

40 多人的團隊（整個公司有 200 多人），跟客戶已合作了大半年。

而我們，在天天加班和跟客戶關在同一個會議室裡沒日沒夜的打拚。卻成功地把競爭對手一步一步的踢出這個客戶群。

曾在求助無門時沒日沒夜的一個一個拜訪可能的資源。我們經歷了最缺人時，打電話給以前同學，就有同學把工作辭了，過來相挺的真心。

也經歷了一個一個明明是假期，卻還是世界各地的飛，一個一個去找可能的資源。我們在聖誕節的平安夜，收到一個遠方的承諾，讓公司找回了希望，我們在復活節的那天，將公司曾經最大的危機獲得了化解。

因為這些在最飄搖的時候，都一起相挺過來的夥伴，讓我們深深有著信念，願意即使觀念再不一致，內部怎麼吵後，還是願意一次一次坐下來好好的整理彼此的觀點，好好為了這個大家細細呵護的心血能繼續成長，與繼續茁壯。也願意用最真心的付出，在溝通完後，明天對外還是一致的抬頭挺胸，帶著笑臉繼續克服各種挑戰與困難。

Kneron 對我們的意義，不只是一個工作或初創，他是我們

努力想把我們的產品、我們設計的架構，帶給世界的一個象徵。如果說，要用一個印象來描述我們公司，我會覺得，是耐力與刻苦，是永不放棄的精神，是不畏懼挑戰的勇氣，是儘管拿到的資源很有限也願意一起互相照顧彼此的夥伴精神。它是一種信仰，信仰檢視我們盡全力揮灑的汗水，能在世界中起到了怎樣的影響。我們曾面對過好幾個幾乎不可能，卻因為我們堅持到最後，因而一次次發生的奇蹟，讓我們有了今天，終於稍稍微微地站穩了的根基。

有好幾次有很深刻的感動，感謝是怎樣的幸運，能讓我有這些願意一起打拚的弟兄，願意這樣一次一次的挑燈夜戰，打下一個一個很困難幾乎不可能的山頭。

到分公司出差，常發現同事在分公司架了床，熬了很多天夜，睡在裡面趕工，有個夥伴因為客戶有 issue 要解，本來要去看醫生，需要休養幾天，卻叫醫生稍微消炎一下就好，第二天就搭飛機去前線支援，因為前線戰事緊。有好幾次，剛下飛機的凌晨，我們的夥伴還在群裡熱烈討論著各種 bug 怎解。

去年初我們的團隊，常常中午出去吃飯，一兩台車就能全部坐滿，而到今年這時，已是一個 65-70 人的團隊。

無論 Kneron 的未來，是成功，還是失敗，我深深以能與大家參與這段奮鬥的旅程感到榮耀。一個小小的公司，跟一群小團隊的熱情，卻能讓世界各個大公司們都曾來 review，並願意使用或已使用我們的方案（大部分想得到的國際軟硬一線大廠，都曾在過去跟我們聯繫過），在在都肯定了我們過去的努力與心血。

創業後，常常得在有限的資源跟有限的訊息內作出決定。而很多決定跟收集到的訊息，不見得能讓你能做到完全完美。而有許多時候，各方的訊息是不一樣的，甚至是相反或相左的。有時同一件事，在 A 看來是很好的，在 B 看來就是超級糟，而你一兩天內就得決定下來。做了一個決定，偏向了 A，B 覺得你糟透了；偏向了 B，A 又覺得你糟透了。因此體會到了，更全面收集資訊與更謹慎與更謙卑的去檢視每件事與更頻繁的溝通是很重要的，不至於誤判真實的情況。

起始於謙卑與尊重每個不一樣的觀點、想法與文化。一次次內省每一個判斷，讓我們變得更加成長與茁壯。每一個挑戰跟痛苦，都是讓我們變得更好的養分與試煉。前方挑戰仍然很多，困難也很多。常常或焦慮或擔憂，或熱血或興奮，但感激擁有的一切，感謝擁有的夥伴，感謝擁有的

真心，感謝曾獲得的提攜，且行且珍惜。

Kneron 又通過一次蛻變，跨入了下一個階段。讓我們更自豪，跟更勇敢的去面對下一個更高的山頭。更努力地成長。更努力的發光發熱。

等待了 18 年的畢業典禮

2021 年 6 月 5 日星期六，受邀於母校國立成功大學畢業典禮演講全文。很多人問，所以在此把成大的演講稿分享出來。很感謝校方創意的思維，找我們還是剛出來闖蕩的小毛頭。今年的致詞不同以往，國際學生東加勒比海島國聖露西亞（Saint Lucia）的麥可白（Makeba Dudley）跟還是一個小新創的我們，都在在體會到成大的創新能量。相較於很多更有成就的學長姐，其實我們也還只是江湖的小蝦米，也因為今天，能讓我能完成 18 年前沒有完成的畢業典禮，兩次也都遇到新冠肺炎，人生真的很奇特，計畫永遠趕不上變化……（本預計這次帶便服去，演講完就跟成大歷屆的傳統一樣去跳成功湖，看來還是沒機會）

#無法實體到現場真的很遺憾與內疚

非常感謝蘇校長，主辦單位給的機會，讓我可以在這裡分享。

這次的畢業典禮，對我來說意義非凡……它其實是我真正的成大畢業典禮。睽違 18 年當年未完成的遺憾。

我是在 1999 年進入成大電機，入學時因為 921，畢業時因為 SARAS，是一個沒有開學迎新，沒有畢業典禮的一屆。只有各系自己辦的小型的。所以，今天希望能帶著跟 18 年前跟自己對話的心態，來跟學弟學妹們分享這 18 年來・對人生的一些體悟。對我來說也是一個很獨特的緣分，這屆的大家也因為新冠肺炎，跟我自己體驗了類似的經歷。回想著 18 年前，當時因為 SARS，爸媽被隔離，對能否按時出國和許多未知的旅程感到不安，但希望藉由今天的分享，讓大家知道，所有人生的惶恐、擔憂、努力不懈、永不放棄，穿過一個一個未知的烏雲而迎向陽光的旅程，都將是你人生最珍貴的養分。

Hi，18 年前的自己 and 各位學弟妹，
覺得這幾年來在世界各國飄零，學到了人生一定要有的幾

個養分，在此分享給大家：

第一個是：要敢做大夢，敢挑戰未知，敢定義沒人定義過的事，走沒人走過的路，不要怕吃苦

總覺得在年少時，要見識一些真正宏偉壯麗的東西，好比噴湧數千高的熱帶火山，航行數日也不見陸地的遠洋，燃燒墜落的千百顆流星、遼闊的峽谷、一望無際的荒漠。曾一個人花了一整個月，開車橫跨了美國一圈。把車的天窗打開，看荒野李滿天的星斗，然後聽土狼在旁咆哮著，孤獨的在荒野裡，面對自己，省思靜思自己.是人生很珍貴的經歷。在未來許多我們面對低潮負面的時刻，這些感動的人事物，將是我們跳脫的繩索。

離開成大，在 SARS 結束後，我選擇了跟大部分同學不一樣的路（當時的主流是在台灣考研究所，畢業後到竹科到當時欣欣向榮的 IC 設計廠拿股票），因為拿到了全額獎學金，自己拿著兩個行李箱，媽媽紅著雙眼送我去機場，負笈到美留學。當時美國一個朋友都沒有的我，在飛機上忐忑不安，整趟旅程睡不著，看著飛機窗外一閃一閃飛機機

翼的燈。

自己到了陌生的新大陸，走在很多流浪漢的校園，自己去旅館住、找房子、開戶、考駕照，自己洗衣服、煮飯。當時看很多本地的學生，或有爸媽陪來的，常常很羨慕。

看到很多名校畢業，大陸清華年級第一的，高考狀元的，奧賽金牌的，印度理工年級第一的……也常常會覺得自己是不是遠遠不如他們。

也有富豪同學開豪車上學的……覺得自己沒有比別人聰明，資源也沒人多，能作的就是加倍努力。

剛到美國，獎學金還沒下來時，沒買書桌跟床，曾窮到書桌是用紙箱疊起來，睡在地板快一年。雖然物質辛苦，但精神層面很充足（很多同學當時去竹科拿股票的都過很好）。好奇心驅使，覺得很多都是全新事物讓我努力的去參與許多研究項目。剛去因為美國剛從 .com 跟 911 經濟蕭條恢復，獎學金很競爭，為了努力拿獎學金，常常睡在實驗室或凌晨四、五點還在工作，也為了爭取獎學金。在念博士時曾跟過幾個不同的老師做研究，當時覺得要付比較多倍的努力，卻成就了後來學會的領域比較廣而有了今天能創業的養分。所以，功不唐捐，你曾付出的努力與心血，將來都能歡笑收割。

印象很深曾參與貝爾實驗室 IARPA 與 UC 的聯合研究項目，遇到早一輩的台灣前輩，告訴我們當年他們剛到美國時，常常要去餐廳打工，走幾公里路去洗衣服，為了省幾毛錢。但他們告訴我，當年他們作一些很前沿的跨世紀的開發，把東西送到太空，作些從來沒有人作過的事情，用的是比我們今天的手機算力還要差的電腦。幾個人作著沒人教過定義過的東西，需要在未知中找航路與方向，火箭上的金屬版還是大家用手一片一片拴上去的（因為根本沒有定義的機器）。

看著火箭送上天空的那天，很多人都偷偷先在外面找了其他工作，因為擔心發射失敗就沒工作了。相比條件比他們好很多的我們，有什麼不敢跨步往前走的呢？

那段經歷開闊了我的視野，塑造了我的格局。我在貝爾實驗室，看到了世界第一個電晶體，定義 C 語言的實驗室，看到發明記憶體，發現大霹靂的機器。一層樓有幾個諾貝爾獎大師們的辦公室。

剛到美國時很苦。有苦難陪襯，幸福才顯得珍貴；人生倘

若平平坦坦，這不叫一帆風順，這叫一潭死水；若幸福真的是永遠長在，對於這樣廉價的幸福，人只會厭膩。只有坎坷崎嶇之後的幸福，才彌足珍貴，才能真正觸動肺腑。我們莫嘆苦難，應該感恩苦難，它讓我們磨練成長；它讓我們感到生命存在的真義。沒有苦難，人生白來！

很多年以後，秉持著當年敢做夢的精神，我們創立耐能，選擇當時很冷門但現在很熱門的 AI 與 AI 晶片（當時美國最優秀的人都去念ＣＳ，作ＡＩ是號稱找不到女朋友的，半導體也找不到，所以 AI＋半導體就是找不到女朋友的平方），從一開始大家覺得這個領域很冷門，覺得我們不會成功，到現在很熱們各大巨頭都進來，又恥笑著我們資源比不過別人。

但我總相信每一個新的勢力，一開始都是這麼的卑微，都是一無所有的。高通一開始差點破產，面對 intel 在 CPU 界的強大勢力與資源，因為走出了血路，所以成就了通訊界的一代王者。google 以前差點賣給 Yahoo，但最後卻成為搜索引擎的王者。每個時代，既有的王者會因為自身的框架與驕傲，與不夠靈活與有盲點，這些盲點是小公司的

機會。君不見當年的 Motorola 與 Nokia……莫欺少年窮！美國獨立時，只是一群完全打不過英軍的鄉勇，織田信長一開始只是尾張的傻瓜，軍力跟今川義元完全不能比。大英帝國開始時，只是歐洲邊緣的小國，在西班牙有無敵艦隊時，他只有海盜船。

所以不要妄自菲薄。相信自己，就能走出自己的路。

"其實人生如果能努力不懈，恣意揮撒而能完成一些事情，很有意思。"

第二個是：要有能面對死亡的豪氣與智慧

死亡有兩個定義。一是了解死亡的無常。二是人生遇到十字路口交叉點時，帶著如果我明天要死了，什麼對我來說是最重要的，常常這樣就能豁然開朗。面對死亡亦能讓你更知足，更珍惜當下，更無畏無懼。

人生就是一條在前往死亡的道路上，沒有人能逃離死亡，面對死亡與接受死亡是人生重要的課題。

我在美國唸書的時候，曾有一個很好的朋友，他家境很清貧，3 歲時被爸爸拋棄，他全家就只有靠他媽媽，在賣場幫人剪頭髮，維持全家的生計。他很努力，每學期都一定要拿獎學金，才能繼續他的學業。我們當時一起經營一個在偏遠社區的志工學校，他很正向，很樂觀，也很陽光，也從來不吝嗇付出與幫助他人。他最後在他 24 歲的黃金年華，在我的面前往生。死之前在一個月內動了 8 次開腦手術。我到今天都還記得，從一開始聖誕節大家一起快快樂樂交換禮物，到他回家送去醫院，在短短的兩個月內動了 8 次手術到最後腦死需要拔管的那段日子，很無常。曾在第三次的開腦手術後，他已無法講話，用手指上一點點在昏暗房間散著紅光的溝通器，一點一點在寫著告訴我說，如果我不行了，希望將我的器官捐給大家……也照顧我的媽媽與奶奶。

他讓我很震驚。一個什麼都沒有的人，在死的時候，卻無私的還想再奉獻。認識他之前，我曾因被朋友合作夥伴的背叛，曾差點失去對人性的信賴，但因為他的無私與高貴的情懷，讓我逐步地找回自己，沒有迷失在人性的負能量與猜忌的負循環中。

這個朋友後來的墳墓在我公司旁，每每遇到商場上很膠著，我想不出有任何出路時，常常會去他的墓園靜靜的思考一個下午。

勿忘踏出旅程的初心！是它帶給我的體悟，每每遇到商場上很難受，我總會想起那踏出旅程的初心。學生時代大家豪氣萬千地想要改變世界，或完成自己的某些夢想，而這些夢想常會因為出了社會，而逐步被消磨，但是 18 年前的自己與學弟學妹，直到今天，我仍是帶著那個赤子之心，與踏出旅程的初心，儘管看盡了世界的不完美，仍是正向正面的在奮鬥著。

創業後遇到的背叛，商場上的無情攻擊，抹黑和廝殺其實更多也更狠。我曾經被合作夥伴追殺，聲稱要找人把我斷手斷腳，或找人去把我家人綁架。也曾為了將公司救起來，一口氣借了 350 萬美金，公司曾瀕臨到只剩下兩個人來上班，外面一堆競爭對手亂傳的流言蜚語中傷……但每每面對死亡（到他墓園時）都能讓我靜靜的思考，當面對死亡時，我真正在乎的是什麼，也更能跳脫眼前的人性與利益與誘惑與害怕。

我其實很希望，我哪天死的時候是能平安喜樂，死而無憾的。人死時，通常真正在意的會是：希望能留下正面的影響、legacy，愛的人在旁邊，沒有遺憾，這些其實都和大家爭得死去活來的錢、權無關。當面對了死亡，知曉了生死與人生的真諦，你能更有智慧的能面對人性的誘惑，與不致迷失在人性與利益上。

第三個是：要有正向的信仰

這個信仰，不見得是宗教的，可以是神，可以是聖經，可以是佛教的大愛無疆，也可以是火影忍者的永不放棄的精神，可以是美少女戰士的捍衛正義，也可以是武俠小說裡的俠之大者、為國為民。也可以是你的人生座右銘。人生有太多無法想得透看得懂的事，悲歡離合，在創業後，常覺得是一個歷經由內而外刻骨銘心時時刻刻煎熬的洗禮與蛻變，更直視人心，更直視人性，更直視在商場上、官場上各種光怪神離事件的本質。人性在利益、權力面前是很難經得起揮霍的。期望自己有一定的智慧與涵養，能去面對這混亂的世道。常常回首一段經歷，都覺得當時何其幸運能有獨特的機緣能不知不覺的化險為夷，和看清一切後

才知道當時的狀況是如何的危險，亦常常想如果一般沒這些奇特際遇的人，能面對這些混亂而不沈淪？

常常回顧後，最真實與最正確的路，往往都是最艱難，最辛苦與最踏實的路，不貪、不迷戀，如苦行般地走，跟隨你的信仰與初心，走著走著，就自然化險為夷與柳暗花明。信仰就是那個能讓你走在人生旅途上，那個標立在遠方不至於走偏的圭臬。

第四個是：了解自己，人生沒有固定答案

在台灣的教育，常常從小會有社會給你固定的人生與固定的答案。考試都有正確解答。人生應該到第一流的高中，再到第一流的大學，再到第一流的企業工作。應該 25 歲前交男女朋友，30 歲前結婚，生小孩，買房子。似乎不在正確的答案的道路上，逢年過節就會被親友問東問西。在美國在一些大學教書時，我發現他們很尊重不同。很多人在唸書時，覺得我現在想要更了解人生，可以休學去尼泊爾作志工，可以出去創業，可以去背個背包自助旅行。如果你是魚，應該要找到屬於自己的汪洋大海，而不是跟馬一樣在路上比奔跑。周杰倫是不世的音樂天才，但如果他一

直以為他的人生正確答案是考大學，去企業工作。我們今天就不會有這麼多精彩的音樂與電影可以欣賞。

第五個是：選定了自己的人生，就堅定不移的努力

18 年前踏出校園時，我們是被大家戲稱草莓族，高房價、低生育率，竹科開始分紅費用化，號稱失落的世代。但 18 年後，仍然很自豪地想說，我們仍然在我們世代裡，奮力地活出精彩，我仍帶著我的熱情，不因別人怎看怎想，帶著我的初心，盡力的在輝灑著我的人生。

我常自詡是創作者，而創作者最幸福的就是你在追尋你自己內心聲音的過程，如果你找到了一條路，儘管別人嘲笑，看不起，更甚至失敗了，你依然甘之如飴，你就只是享受著這探索的過程，那就盡力去堅定不移的努力吧！

這世界上，總會存在著，儘管你不想攻擊別人，但因為你的存在，就會影響到某人的利益，跟不管你多努力，還是會有人不分青紅皂白的否定你或嘲笑或不看好，或散佈著各總傷害你的流言……我們該做的，就是堅持自己的信

念。去堅持這些東西不一定有多崇高，它可能是自我實現的憧憬，也可能是為了家人、朋友……為了責任，無論哪樣，去承受、去撐住，都是值得稱頌的勇氣。哪怕到最後，付出的全部努力，不過完成了普通的生活。但只要內心的火種還在，渺小的我們，就已經戰勝了寂寞的命運。

世界並不完美，但希望你我都能留下認真生活過的痕跡。

最後，致 18 年前的自己與各位學弟學妹：
我還是很想對以前那個無數次在絕望邊緣掙扎的自己說，你以前的堅持和努力，都沒有白費，雖然今天我們還離成功很遠很遠，但我們已經超越了一次又一次的自己。

恭喜各位學弟學妹，將踏上另一個人生的旅程，去開闊探索更廣的天空，盡情的去揮灑自己的人生篇章。很高興，也很榮幸的，今天能跟大家一起參與等待了 18 年的成大畢業典禮。今天，我們一起畢業！恭喜大家！謝謝。

國家圖書館出版品預行編目資料

Fiat Lux - let there be light 創業青年的人生雜記／劉峻誠
著. --初版.--臺中市：白象文化事業有限公司，2021.8
　　面；　公分
ISBN　978-986-5488-51-2（平裝）

863.55　　　　　　　　　　　　　110007098

Fiat Lux - let there be light
創業青年的人生雜記

作　　者　劉峻誠
校　　對　劉峻誠
專案主編　水邊
出版編印　林榮威、陳逸儒、黃麗穎
設計創意　張禮南、何佳誼
經銷推廣　李莉吟、莊博亞、劉育姍、李如玉
經紀企劃　張輝潭、徐錦淳、洪怡欣、黃姿虹
營運管理　林金郎、曾千熏
發 行 人　張輝潭
出版發行　白象文化事業有限公司
　　　　　412台中市大里區科技路1號8樓之2（台中軟體園區）
　　　　　出版專線：（04）2496-5995　傳真：（04）2496-9901
　　　　　401台中市東區和平街228巷44號（經銷部）
　　　　　購書專線：（04）2220-8589　傳真：（04）2220-8505
印　　刷　基盛印刷工場
初版一刷　2021年8月
定　　價　380元

白象文化　印書小舖　出版 · 經銷 · 宣傳 · 設計
www.ElephantWhite.com.tw　PressStore 出版發行　自費出版的領導者　購書 白象文化生活館